集英社オレンジ文庫

共感覚探偵

奇々怪界は認めない

希多美咲

本書は書き下ろしです。

目次

イラスト／七原しえ

共感覚探偵

奇々怪界は認めない

SYNESTHETIC DETECTIVE

プロローグ

恐ろしい豪雨だった。

大きな雨粒が木々の葉を容赦《ようしゃ》なく叩き、道は浅い川となって獣《けもの》たちの行き場を奪う。

この山で雨風をしのげるのは、中腹にあるこの小さな洞窟《どうくつ》だけだ。

ここに入ってから、もう一昼夜は過ぎただろうか。激しい雨音は止むことがなく、まるで鬼神の咆哮《ほうこう》のように聞こえる。

「笙《しょう》兄……」

名を呼ばれた矢鳥笙《やどりしょう》は、自分より四つも下の幼い少年の肩を抱いた。擦り傷だらけの少年の右足は痛々しく腫《は》れ上がっている。ひょっとしたら折れているのかもしれない。

「大丈夫か？　芯夜《しんや》」

笙は自分が羽織っていた薄手のジャケットを芯夜の肩にかけてやった。

祇王《ぎおう》芯夜は同じ村に住む親戚の子だ。今年七歳になったばかりのやんちゃ盛りだが、人見知りが激しく笙にしか懐かないので、兄代わりとしていつも遊び相手になっていた。二人で山に入ったのは、昆虫が好きな芯夜にせがまれて虫取りに来たからだ。

「足は痛むか？」

「全然平気」

この子が浅い崖《がけ》下に転落して右足を負傷したのは、昨日の夕方のことだ。幸い命に関わる怪我ではないが、歩くことはできなかった。あれから足は常に激痛に苛《さいな》まれているはずなのに、芯夜はそんな様子をまったく見せない。幼児の頃から我慢強い子だったと聞いていたが、まさかここまでとは。

「ごめんな、芯夜。こんなことになって」

「笙兄のせいじゃないよ。僕が山へ行きたいって言ったから」

昨日から降り始めた雨と相まって、幼い二人はこの洞窟内でずっと立ち往生している。山へ入ることを大人に告げてこなかったのは笙のミスだ。歳上《とし》の自分がちゃんと先々を考えて行動すれば、きっとこんなことにはならなかったはずだ。

責任を感じている笙を見て、芯夜が慰めるように身体《からだ》を寄せてきた。その体温の熱さに驚き、嫌な予感がして笙は芯夜の額《ひたい》に手を当てる。

「芯夜、お前熱があるじゃないか！」

「熱？　ないよ、そんなもの」

「あるって、バカ！　子供のくせにこんなときまで強がるな！」

「笙兄だって子供だろ」

「そうだけど……」

芯夜の身体がずるりと笙の膝《ひざ》の上に落ちた。

「芯夜！」

狼狽《うろた》えた笙に、芯夜はニコリと笑みを見せる。もう強がる声も出せないのか。

「……っ」

笙はとっさに芯夜の身体を抱きしめた。

(芯夜が死んじゃったら、どうしよう……)

本当にここで救助を待っていてもいいのだろうか。

外は大雨で大人だって登るのは苦労する。おまけに、二人が山にいることは誰も知らない。このまま何もせずにいたら、芯夜が弱っていくのを待つだけになるかもしれない。

「俺がなんとかしないと……」

歩けない芯夜を負《お》ぶって下山するのは子供の力では無理だ。となれば、なんとか一人で下山して大人を呼んでこなければ。

笙は芯夜の身体を起こすと、丁寧に岩壁に上体を預けた。

「芯夜、お前はここで待ってろ。俺が山を下りて必ず助けを呼んでくるから」

「……」

初めて芯夜の瞳に不安の色が浮かんだ。無言で首を横に振る彼に笙は明るく笑う。

「心配するな。絶対に戻ってくるから。俺がお前に嘘《うそ》をついたことがあるか?」

「ない。でも危ないよ……。行かなくていい」

荒い息で、芯夜はなおも首を横に振った。

「こんな雨くらいへっちゃらだって! ほんの少しのあいだ一人にしちゃうけど、俺を信じて待ってるんだぞ！」

笙は芯夜の頭を何度も撫《な》でて立ち上がった。

「嫌だ、笙兄！」

追いすがる芯夜を無視して、笙は洞窟を出た。とたんに凶器のような硬い雨粒に襲われたが怯《ひる》むわけにはいかない。

泥と化した山道で何度も転びながら笙は走る。

途中で焦《こ》げたようなにおいが鼻をついたが、笙にはそれがなんなのかわからなかった。獣も虫も全ての生物が一度も視界に入ってこない。みな雨風を避けているだけなのだろうが、妙な不穏を感じる。

洞窟を出て、二時間くらい経《た》っただろうか。笙は奇跡的に麓《ふもと》の村に辿《たど》り着くと、泥だらけのまま、村で唯一の寺へと飛び込んだ。ここ新永寺《しんえいじ》は祇王芯夜の実家で、父親はこの寺の住職だ。

なぜか本堂に村の大人たちがたくさん集まっていたので、芯夜は皆に聞こえるように大声で叫んだ。

「おじさん！　おばさん!!」

甲高い子供の声に驚いて、大人たちが一斉に振り向いた。彼らは笙を見て仰天し、総立ちになる。

「お前、矢鳥んとこの笙じゃねぇか!?」

「みんな！　笙がおったぞ！」

「笙が!?　ほんまか!?」

「お前、どこへ行っとったんなら！」

「いけんいけん、泥だらけじゃ。かわいそうに！」

よく行く商店のおばさんが、慌《あわ》てて持っていたタオルで笙の顔を拭いてくれた。

「村中であんたらのことを探しとったんよ？　ほんま無事でよかったわ！　祇王のところの芯夜ちゃんはどこにおるん？」

「おばさん、おじさん助けて！　芯夜がまだ裏山の洞窟にいるんだ！　足を怪我して歩けなくて」

「裏山に!?」

大人たちは蒼白《そうはく》になって顔を見合わせる。その様子に笙は一気に不安になった。すぐにでも救助に向かってくれると思っていたのに、誰も動かない。

──と、そこに慌てた様子の村人が転がり込んできた。

「皆、避難せぇ！」

ずぶ濡れの彼は皆に聞こえるように怒鳴る。

「もういけん！　裏山から焦げたにおいがしょうる！　この分じゃ山はもたん！　早《はよ》う逃

げるんじゃ！　山が崩れるぞ！」

　その言葉に笙は凍りついた。そこには騒ぎを聞きつけた芯夜の母親と父親の姿もあった。二人とも寝ずに息子を探していたのだろう。すっかり窶《やつ》れてしまっている。

「和尚《おしょう》さん、早う避難するんじゃ！　崩れる場所によっちゃこの寺も危ないかもしれん！」

　山から漂う焦げたにおいは、土砂崩れの前兆と言われている。そんな中、山へ入るのは無謀な行為だった。俯《うつむ》く大人たちに笙は必死で縋《すが》った。

「おじさん、おばさん。待ってよ！　芯夜は洞窟で動けないんだ！　誰かが助けに行かないと！」

「――芯夜!!」

　理性を失った母親が大人たちをかき分けて本堂から飛び出した。

「奥さん！　今は山へ入ったらいけん！」

　男たちが数人で芯夜の母親を止めた。

「もう、あの山はもたん！　わしら山育ちじゃけぇ、わかるんじゃ！」

「まだじゃ！　まだ崩れとらん！　今なら間に合うじゃろ！」

「いけん言うとろうが！」

　男たちは喚《わめ》く母親を宥《なだ》めながら、引きずるようにして車の中へ押し込んだ。

「笙も早うわしの車に乗れ！」

呆然《ぼうぜん》と立ち尽くしていた笙は、誰かに怒鳴られてようやく我に返った。

「な、なんで？　みんな逃げたら誰が芯夜を助けてくれるんだよ……。俺はあいつに約束したんだ。必ず戻るって……！」

言うか言い終わらないかの内に、笙は何者かに担《かつ》ぎ上げられた。視界に入ったのは、芯夜の父親だ。

「おじさん！」

芯夜の父親は、常に冷静沈着で博識な人物として通っている。村では誰よりも頼りにされているリーダー的存在だ。凛々《りり》しい横顔はどことなく芯夜に似ているが、今その表情は見たこともないほど悲痛に歪んでいる。

「おじさん、俺戻らないと……！　芯夜が一人で待ってるから、誰も行かないなら、俺だけでも戻ってやらないと。あいつ寂しがって……」

ドンッ!!

瞬間、爆弾が落ちてきたかのような轟音《ごうおん》が響き渡った。

「こりゃいけん！　山が崩れた！」

「皆、走れ！」

大人たちが絶叫を上げてバラバラに散っていく。笙は走る芯夜の父親に担がれたまま裏山の斜面が崩れ落ちてくるのを見た。

「――……っ！」

喉《のど》がひりついて声が出ない。顔面を濡らすのは雨なのか、涙なのかもわからない。

「芯夜ーっ!!」

芯夜の母親が車から飛び降りて叫ぶ。泣き喚く母親を父親が車に押し戻して低く呟《つぶや》いた。

「見るな、あの分じゃ洞窟も潰れとる……！」

「――っ!!」

声にならない母親の慟哭《どうこく》が遠くで聞こえた気がした。

別れ際に見た芯夜の不安気な瞳を思い出し、笙はスッと意識を失った。


二〇一一年夏に岡山県北部伏鬼村《ふしきむら》で起きた土砂災害は、幸い民家にまで被害が及ぶことはなかった。怪我人の数はゼロ。人々は生活拠点を失うことなく避難先から戻ることができた。

――ただ一人、祇王芯夜を除いて。

警察や消防、自衛隊、村の有志らによる懸命な捜索にもかかわらず、七歳の少年が土砂の中から発見されることはついになく、二十日《はつか》後、捜索は完全に打ち切られた。

祇王家が泣く泣く芯夜を諦《あきら》め、認定死亡とされたのは土砂災害から約二年が経過した頃だった。

遺体無きまま新永寺で行われた葬儀には、大人も子供も含め村人の大半が出席したと言われている。

第一話　覚《さとり》

1

東京郊外にある国立実南《じつなん》大学は、学生数が二万人弱、教職員の数も五千人近くはいるというわゆるマンモス大学だ。各分野の研究にも優れており、過去にはノーベル物理学賞の受賞者を輩出《はいしゅつ》したこともある名門校だ。

キャンパスの敷地は広く、建物だけでも有に二十は超える。エリアは東西南北に分かれていて、東には学会などを行う大きなイベントホールや図書館、北には宿舎や運動場、南と西には学生たちの拠点となる講堂や各学部の講義室、研究室などが建てられている。

その中でも一番目を引くのは、西エリアの巨大な研究棟だ。壁は一面ガラス張りで、キャンパス内のどの建物よりも高層だ。ここでは各分野の教授や助手たちが日夜研究に励んでおり、昼夜問わず人の出入りが激しい。学外の著名な学者たちが訪れることも多く、名実共に、この研究棟は大学の誇りであり売りだった。

その研究棟の二階にある心理学研究所の一角には、およそ心理学とは無縁そうな音楽スタジオが設けられていた。ミキサーやマイクは最先端のモデルが設置され、その他の機材もミュージシャンなら垂涎《すいぜん》ものの一級品ばかりだ。

現在心理学部の教授が熱心に取り組んでいるのは、周波数が人の心理にどう影響を及ぼすかという研究だ。

周波数とは一秒間に空気が振動する回数を表したもので、その中でもソルフェジオ周波数は、人の心身に影響を及ぼすものとして知られている。

有名なところでいうと、５２８ヘルツだろう。この周波数は奇跡の周波数とも呼ばれ、人の心を穏やかにし、自律神経を整える効果があるとされている。一節にはＤＮＡを修復する力もあると言われているから驚きだ。周波数によっては別の効果が得られたり、逆に心身に悪影響を及ぼすものも存在したりするので、研究のしがいがある分野だ。

録音ブースに入って高らかな歌声を響かせているのは、長身で細身の青年だ。足が長く、モデル並みの体形は日本人離れしていて常に人目を引く。目は比較的大きいが、細い二重が凛々《りり》しさと美しさを強調しているため、子供っぽくは見えない。薄い唇を自在に開けて歌う姿はどこか色気を感じさせ、強い輝きを放つ瞳は見る者を虜《とりこ》にする魅力に満ちている。しかし、それ以上に特筆すべきなのは彼の歌声だろう。

彼、矢鳥笙《やどりしょう》の唇から発せられる歌声は、かなり倍音が多い。倍音とは、本人が出している声の基礎の音に重なる音階のことだ。この倍音が多ければ多いほど、人はその声に惹《ひ》きつけられるという。

笙は今年実南大学の心理学科の大学院修士課程に進んだばかりだ。入学当初から心理学を専攻していたのが縁で、教授にどうしてもと頼み込まれて歌声を提供しているのだ。

「はーい、矢鳥君。お疲れさまー」

　中年の男性がミキサー室から笙に声を掛けた。ブースにいた矢鳥笙は、ヘッドフォンを外して息を吐く。

　ミキサー室にいるのは、実南大学心理学部教授の西紋《さいもん》だ。眼鏡の下の顔立ちはおっとりとしていて、白衣を着ていなければその辺のおじさんに紛れてしまうが、実は日本では心理学者として名の通った人物だった。

「じゃあ、次は休憩したあとに柊木《ひいらぎ》君のヴァイオリンを入れようか」

「はーい」

　ミキサー室で、高価なヴァイオリンを抱えているのは、スカートから伸びた細い足が魅力的な二十代半ばの美女だ。緩やかなカーブを描いた艶《つや》やかな茶色い髪と、化粧気がないぷっくりとした唇が麗《うるわ》しい。

　彼女の名は柊木留季《るき》。実南大学で心理学部の博士課程を履修している大学院生だ。西紋教授の助手をしている傍《かたわ》ら、プロのヴァイオリニストとしてステージにも立っている才女だ。

　留季はヴァイオリンで528ヘルツを出せる希有《けう》なヴァイオリニストであるため、西紋教授と共同で実験的にソルフェジオ周波数を使ったアルバムを数枚リリースしている。実は、そのアルバムの中には何曲か笙の歌声も使われているのだが、歌手名は秘密にしてもらっている。プライベートでプロの歌手にならないかという誘いもいくつかあるが、それも全て断っていた。

笙としては心理学科の大学院生として無事修士課程を修了できればそれでいいのだ。そのあと博士課程に進むのか、心理学とは別の道に進むのか、それはそのときに考えるつもりだ。

「あ、笙ちゃん。あんた今日の午後は暇？」

ミキサー室に入ると、留季が髪を後ろに束ねながら尋《たず》ねてきた。

「空いてますけど、留季さんには付き合いませんよ」

「なによそれ、失礼ね」

柊木留季は美人だが、酒豪で酒癖が悪いのが難だ。彼女と酒を呑《の》めば必ず午前様になる。下戸《げこ》の笙が太刀《たち》打ちできる相手ではないので、誘われたら素早く牽制《けんせい》するのが吉なのだ。

「本当にガードが堅いわね。でも、あんたに用があるのはあたしじゃなくて、あの子よ」

留季はミキサー室の隅《すみ》に座っている若い女性を指した。

髪は肩口で揃《そろ》えられ、ロングスカートにブラウスという清楚《せいそ》な服装が逆に目を引く。地味な顔ではあるが清潔感のある女性だ。

「あの子、社会学部の二年生でね。あたしの家の近所に住んでて親同士が仲がいいんだけど、今日はどうしてもあんたに……っていうか、甦りの生き神様に会わせてほしいって頼まれてさ」

甦《よみがえ》りの生き神様と聞いて、笙はわずかに警戒した。

その表情を読んだのか、社会学部の女子学生は慌《あわ》てたように立ち上がった。その手には数ヶ月前に発売された週刊誌がある。こういったものを見て近寄ってくる者は碌《ろく》でもない連中が多い。ただの好奇心だったり、有名人に会いたいというミーハー心が前面に出ていたりするからだ。

笙がますます警戒を強めると、女子学生は目を大きく開いて笙に詰め寄ってきた。

「ち、違うんです！　こ、これは甦りの生き神様のことを知りたくて購入しただけで……けっしてミーハー心から彼に会いたいわけじゃないんです！　矢鳥さんが生き神様を守りたいのはわかります。けど、よけいな事をあちこちで吹聴するようなご迷惑はおかけしません！」

心中で思っていたことを一言一句違《たが》わず否定されてしまい、笙は戸惑う。

「……なにかあいつに相談事？」

「はい、そうです！　生き神様にどうしても助けてもらいたいんです！　だけど、学内ではなかなか会えなくて……。そんなときに柊木さんが、矢鳥さんを通してなら会えるかもしれないって教えてくれたので……」

女子学生は縋るように笙を見上げた。彼女は女子の平均身長より背が低い。一八〇センチ以上ある笙の顔を近距離で見るのはさぞかし大変だろう。

「ねぇ、先輩であるあたしの顔に免じて紹介してあげてよ。この子困ってるんだから」

気の強い留季にまで懇願《こんがん》され、笙はしばし逡巡《しゅんじゅん》したが、女子学生の必死の眼差《まなざ》しに負けて頷《うなず》いた。

「あいつならたぶん俺の研究室にいると思うけど、一緒に行く？」

そう言うと、女子学生はパッと顔を輝かせた。

「はい！　ありがとうございます！」

留季が「あそこはあんたの研究室じゃなくて、西紋教授の研究室よ」と言ったが、西紋は「いいよ、いいよ。好きに使ってー」と笑った。

「じゃあ、行こうか……えぇっと……」

「神無《かんな》です。神無雫《しずく》です！」

彼女はよほど嬉《うれ》しかったのか、こちらが驚くほどの大声で自分の名を名乗った。

2

西エリアの一号棟三階にある西紋教授の研究室の扉の前には、ご丁寧にこんな張り紙が貼られている。

『西紋は不在です。学生及びご用の方は研究棟二階の心理学研究所へお越しください』

ありがたくも西紋教授直筆の張り紙のおかげで、この研究室に他人がみだりに入ってくることは、ほとんどない。

西紋は研究棟に随時籠もっているので、ほとんど自分の研究室へは帰らない。学生たちもそれを見越していて、教授に用があるときは最初から研究棟へ向かう。笙はその主のいない研究室を歌声の提供代として借りているのだ。

緊張している雫を目で促《うなが》して、笙は研究室の扉を開けた。とたんに雫が感嘆の声を上げる。室内は、心理学とはまったく無縁と思われる大きな城の模型だらけだった。

有名どころは白鷺《しらさぎ》城と言われる姫路《ひめじ》城、ドイツのノイシュヴァンシュタイン城、イギリスのウィンザー城だ。全て百五十分の一のスケールで精巧に出来ている。その他にも軍艦や名車、バイクなどいろんな模型が研究室の至るところに飾られていた。

「も、模型だらけですね……。これ、矢鳥さんが？」

「まさか」

「矢鳥さんはこういう細かい作業が苦手なんですね。私もです」

「……」

笙は目を瞬《またた》いた。今まさにそう答えようとしていたからだ。

驚く笙に、雫はしまったという表情で口を噤《つぐ》んだ。

彼女が気まずそうにしているのであえて問い返すことはせず、笙は部屋の奥に向かって声を掛けた。

「おい、起きてるかー？」

すると別室から「起きてる」と短く返事があった。別室の扉を開けると、一人の青年が立派な椅子《いす》に腰掛けて、デスク上に広がる新たな城の模型を作製していた。

彼は少し前から各国の名城の模型作製にはまっているのだ。今作っているのはチェコのプラハ城だ。六百年を要して建てられた荘厳な城で、ゴシック様式の大聖堂や、ロマネスク様式の教会、宮殿や庭園などが含まれており、その迫力と圧倒的な秀麗《しゅうれい》さは目を見張るものがある。

これほど緻密《ちみつ》な城の模型を仕上げるには膨大な時間が必要になるが、彼はこのくらいの城ならだいたい一ヶ月弱で作り上げてしまう。

「また、昼飯もとらずに模型を作ってたんじゃないだろうな。ちゃんと講義には出たのか？」

お節介がてらに問うと、青年は部品と向き合っていた顔をようやくこちらに向けた。

それは見る者を魂《たましい》ごと惹きつけるような美貌《びぼう》だった。スッと人を射抜くような奥二重の鋭い瞳、凛々しさを強調する高い鼻。青みがかった白い肌は、日に当たることを知らない陶器のようだ。全体的に漂う高貴さは常人では持ち得ない強い魅力に満ちている。

青年は筐を見て一瞬笑顔を見せたが、背後に控えている神無雫に気づいて不愛想な表情に変わった。

「誰？　それ」

目線を模型に戻し、青年は手にしていた部品をくっつけた。ちなみにこのデスクは本来なら西紋教授のものなのだが、そんなことはおかまいなしだ。

「ああ、彼女は——」

「突然お邪魔してごめんなさい！　私は社会学部二年の神無雫といいます！　あの、迷惑なのは承知してるんですけど。どうしても甦りの生き神様に会いたくて！　でも、興味本位じゃ全然ないんです！」

「……」

早口で捲《まく》し立てられて、青年はあらためて雫の顔を見つめた。

「二年なら先輩だ」

青年が呟《つぶや》くと、雫は会話できる隙《すき》を見つけたとばかりにデスクへ駆け寄った。

「あなたのことは知ってます！　勉強するために、これも読みました！　祇王芯夜さん！」

雫は手にしていた週刊誌を青年に突きつけた。

そこには今より少し若い彼の写真が載っている。記事は十二年前に岡山で起きた土砂災害で行方不明となっていた少年が、九年後に成長した姿で戻ってきたことがセンセーショナルかつオカルトチックに報じられていた。

そう、週刊誌を前に無表情を貫いている青年の名は、祇王芯夜《ぎおうしんや》。十二年前、洞窟《どうくつ》で土砂災害に遭《あ》い死んだはずの少年だ。

これをどう説明していいのか笙にはわからない。言えることは、祇王芯夜は生きていた。それだけだ。

笙は濃い目のコーヒーを淹《い》れながら、当時の奇跡を思い出していた。

土砂災害から九年後、芯夜がふらりと祇王家に帰ってきたという一報は、東京の大学に通っていた笙のもとまですぐに届いた。半信半疑で故郷へ飛んで帰った笙は、芯夜の姿を一目見るなり泣き崩れ、その温もりを確かめるように強く抱きしめた。

久しぶりに見る芯夜は瘦《や》せ細り、顔色も青く生気もほとんどなかった。今までどんな苦労をしてきたのかと心配したが、彼の両親が言うには帰ってきた当時の芯夜は着ているものは清潔で、髪も丁寧に整えられていたという。十六歳の少年らしく背もすっかり伸び顔立ちも変わっていたので、最初村人たちは本物かどうかかなり疑ったようだ。おまけに、芯夜は行方不明だった頃のことは何一つ覚えていなかった。あらゆる質問を受けた中で、彼が口にしたのは『鬼子母神に攫われた』という非現実的な言葉だけだ。それが何を意味しているのか今も誰にもわかっていない。

念のため精神鑑定を行ったが、どこにも異常はなく、ＤＮＡ検査の結果も祇王芯夜本人と認められた。彼はめでたく村に迎え入れられたが、芯夜の生還劇は、その神秘性からあっという間に全国に広がり、世間やマスコミの注目の的となってしまった。

新聞、テレビ、雑誌。芯夜を取材するためにあらゆるメディアが押し寄せたため、何もない村はちょっとしたお祭り騒ぎになった。

マスコミや浮かれた村人が芯夜にそれらしく付けた名が『甦りの生き神様』だ。これでは彼が人ではないようだが、それもある意味しょうがないのかもしれない。

理由は、芯夜の実家『新永寺《しんえいじ》』にある。

新永寺は岡山に代々続く密教系の寺院だ。祇王家はそこの住職を務める家系で、芯夜は現住職の次男になる。

新永寺は千二百年前に僧侶《そうりょ》だった祇王家の先祖が京都に建てた寺らしいのだが、南北朝時代の天皇だった後醍醐《ごだいご》天皇が鎌倉《かまくら》幕府の倒幕に失敗し、隠岐《おき》へ島流しにあった際に新永寺の面々も共に京都から出たという。

そして、隠岐へ辿《たど》り着く前に立ち寄った岡山北部の山間《やまあい》の地で、祇王家は後醍醐天皇と袂《たもと》を分かち、新たな寺院を築いた。それから七百年、祇王家はずっとあの場所で寺を守り続けてきた由緒ある一族だ。

なぜ祇王家が隠岐に流される後醍醐天皇と共に京を出たのか。そして、なぜ岡山の伏鬼《ふしき》村《むら》に留まることになったのか。その理由はどの文献にも残ってはいない。だが、新永寺は大昔から祈禱《きとう》力に優れた寺として有名で、たびたび時の権力者がお忍びで訪ねてくることがあったといわれている。

そんな謎に満ちた歴史の流れを汲《く》む寺の次男が奇跡の生還を果たしたのだ。マスコミがオカルト要素を混ぜ込んで大々的に報道したくなるのもわかる。

しかし、その弊害は思わぬところに生じてしまった。

生き神様を崇《あが》めるために、全国から新永寺へ訪れる者が後を絶たなくなったのだ。彼に相談事を持ちかけると神通力で解決してくれるという根も葉もない噂《うわさ》まで流れ、芯夜は人々の悩みを聞くカウンセラーのような役割を担《にな》うようになった。

もちろん、芯夜に神通力などあるはずがない。なのに、どういうわけか芯夜はたいていの相談事を聞き、解決に努める労力も惜しまなかった。自分の身を顧《かえり》みず無理をすることもしばしばあったので、両親の心配は尽きなかったという。

『東京へ出て笙兄と同じ大学に進学をしたい』と芯夜から申し出があったのは、そんな折りだ。両親は諸手《もろて》をあげて賛成したらしいが、高い学力を要する実南大学はさすがに無理なのではないかと案じたという。だが、芯夜は帰ってきたときから義務教育以上の学力を身につけていたし、こちらが驚くほど博識でもあった。おまけに地頭もよかったので、たった三年で実南大学の入試に挑戦できるだけの学力を取得し、見事、現役の学生と同年齢での合格を成し遂げてしまったのだ。

その快挙にマスコミは再び食いつき、やれ生き神様の神通力だなんだと騒ぎたて、新永寺には合格祈願の御利益《ごりやく》があるなど、あることないことを書き立てた。

今、雫が持っている週刊誌もそのときのものだ。故郷から遠く離れたこの東京の地でも甦りの生き神様参りがやまないのは、ことあるごとにあおり続けるマスコミのせいだろう。

笙が大学院の修士課程に進んだのは、こういったことを見越していたからだ。学年は違っても、大学内にいれば、内でも外でも芯夜を守ることができる。彼にはけっして言わないが、それがあの悲劇の日に洞窟へ迎えに行けなかった笙なりの贖罪《しょくざい》でもあった。

「神無さん、そこら辺の椅子に適当に座って」

「あ、はい。ありがとうございます」

立ったままの彼女に椅子を勧め、笙は彼女の近くにコーヒーを置く。芯夜には甘いカフェオレだ。模型に集中したあとは頭が空っぽになるというので、いつもこうやって甘いものを飲ませて脳に栄養を与えてやるのだ。

芯夜いわく、模型を作っているときだけは妙な雑念にとらわれなくてもすむので脳が楽らしい。これは常人とは逆かもしれない。普通なら極度に集中すると脳が疲れるものだが、芯夜はその集中が安らぎだという。ただ放っておくと寝食も忘れて没頭するので、笙にとっては気が気ではない。

「——で、神無センパイは俺に何の用?」

芯夜はカフェオレを一口飲んで、雫に問うた。

なんだろう、心なしかセンパイの響きに含みがあるように聞こえる。

「すみません。模型作りの邪魔をしてしまって。徹夜されてたんですよね？」

雫がギュッと週刊誌を膝《ひざ》の上で握りしめる。芯夜はピクリと片眉を上げた。

「それ、やめてくれる？」

「え？」

「そうやって、人の思ってることに先回りして答えるの。それに、なんで俺が徹夜してるってわかるんだよ」

芯夜に言われて、雫はハッとしたように口を固く結んだ。芯夜の声は低く素っ気ないので、冷たく聞こえる。注意しようかとも思ったが、とりあえずやめておいた。彼の指摘は、笙も感じていたことだったからだ。

彼女は時々、こちらが考えていることや言おうとしていることを先に答える節がある。

笙は気のせいだと思っていたが、雫の青ざめた顔色を見て、彼女にも自覚があったことが窺《うかが》えた。

「まさか、人の考えてることがわかっちゃうとか？」

笙が冗談を言うと、彼女は身体《からだ》を小さくして謝った。

「わ、わざとじゃないんです……」

「……え？　本当に人の考えがわかるの？」

「はい。どうも私、ぼんやりとなんですが人の心が読めちゃうみたいで。そのせいで、友人もなかなか作れなくて……」

「……」

笙はつい雫を凝視した。人の心が読めるなんて、にわかには信じがたい。彼女がそう思い込んでいるだけなのではないか。

「……」

笙と考えが同じなのか、芯夜の瞳には真剣味が感じられない。ともすれば再び模型作製を再開して彼女の訴えを聞き流しそうな雰囲気だ。

「――あの、祇王君や矢鳥さんは『サトリ』っていう妖怪を知っていますか？」

それでも、雫は負けじと話を続けた。

「『サトリ』？　名前は知ってるけど……たしか人の心を読むっていう妖怪だよな」

芯夜を見ると、彼はわずかに眉間《みけん》に皺《しわ》を寄せ、こめかみを揉《も》んだ。

「『サトリ』は各地の山に潜んでいて、人の心を読み、怯《ひる》んだ隙に襲いかかる妖怪だ。だが、人が起こす偶然や無意識下の行動には弱く、思わぬ事故で退散するという伝承が多い。例えば、木こりが切った木の破片がサトリの目に刺さるとか、そういった類《たぐい》だ。斧《おの》を振り下ろした際に木の破片がサトリに飛んでいくなんて、人には意図できないことだろ」

「なるほどなぁ……。物語としてはよくできてるな」

芯夜はこういった伝承や寓話《ぐうわ》にも妙に詳しい。別に妖怪や怪奇話が好きなわけではないだろうが、一般では知らないようなことにもなんなく答えるあたり、彼の知識の広さが窺える。

「――で、神無センパイはその『サトリ』だって言いたいのか？」

芯夜が問うと、雫は疑われていることはわかっているという顔つきで小さく頷いた。

「想像力がたくましいな」

「本当です！　もちろん、私は人間ですが。でも私にはサトリの呪いがかかっているんです！　この力のせいで幼い頃から苦労してきたんです。妄想《もうそう》扱いしないで！」

よほど腹に据えかねたのか、雫はムキになって立ち上がる。すると芯夜が持っていた模型の部品をデスクに置いた。

「呪い？」

呪いと聞いて、初めて芯夜が興味を持ったようだ。彼のスイッチがどこにあるのか、筐でもわからない。雫は少し落ち着いたのか椅子に座り直した。

最初に出会ったときから思っていたが、彼女は常に俯《うつむ》きがちだ。

実際に人の心が読めるかどうかはさておき、当人が本気でそう思っているなら、世渡りは簡単ではないだろう。終始人の本音を受け取っていれば、人間不信にもなる。なるべく人の顔を見ないのは、己《おのれ》の複雑な感情を覚《さと》らせない一つの方法なのかもしれない。

「サトリの呪いって何？」

芯夜に正面から聞き返され、雫はやっと本題に入れるとばかりに大きく呼吸した。

「う、うちの実家は隣の市にある退覚寺《たいかくじ》という寺なんですが……。実は退覚寺のご本尊《ほんぞん》はサトリのミイラなんです」

「サトリのミイラ？」

思わぬ言葉に、笙はギョッとした。即身仏を本尊にしている寺はあるかもしれないが、妖怪のミイラを本尊にしている寺などあまり聞いたことがない。

「江戸時代中期にうちの先祖がサトリを退治したとかで……その供養のために建てたのが退覚寺だと言われています。……その証拠が、ご本尊のミイラです。私も何度か見たことがありますが、それは恐ろしいミイラでした」

「なるほどね。――で、寺まで建ててそのミイラを懇《ねんご》ろに弔《とむら》ってるっていうのに、呪われてるっていうのか？」

「はい」

雫はようやく芯夜を見たが、見透かすような視線が怖かったのか、また俯いてしまった。

「神無家は代々人の心が読めてしまう人が多くて……みんな生きづらい人生を送ってきたと聞いています。私も、この呪いのせいで、ずっと友人ができなくて……。同じ大学に通うたった一人の幼馴染《おさななじ》みとでさえ、最近は疎遠になってしまいました。これもサトリの呪いだからしかたないって思ってます……」

「もしかして代々続くその呪いを、芯夜にどうにかしてもらいたいってこと？」

笙の問いに雫は「そうじゃないんです」と否定した。

「できれば、サトリの呪いもお願いしたいんですが。今日はそれとは別の相談があって……」

「別？」

さすがの芯夜も予想外だったのか、微《かす》かに目線を浮かせた。

「すみません。前置きが長くて。思われてるとおり話が長いのは子供の頃からの癖で……」

「だから、それ……」

また考えを先回りされて不快感を露《あらわ》にした芯夜だが、しかたなさそうに再び右のこめかみを揉んだ。

「——まぁ、いいや。で、本題ってなに？」

「はい。最近、実家の退覚寺で奇妙な出来事が起こるようになったんです……」

「——？」

笙は芯夜と顔を見合わせた。

「うちの寺の敷地には墓地があるんですが、その墓地に頻繁《ひんぱん》に人魂《ひとだま》が出るようになったんです。しかも、人魂が出た次の日には、微妙に墓石が動いてたりして……。寺の人間以外にも人魂を見る人が増えてきて……。死体が墓から出てきて動き回ってるんじゃないかって気味の悪い噂まで広がってしまったんです……」

「それはさすがにないだろ。日本は火葬だし」

芯夜が一刀両断すると、雫も困ったように眉を下げた。

「私も、そう思います……。でも、人魂が出るのは本当なんです。そのうち人魂は境内《けいだい》にまで出没するようになって……。その人魂を見ると、体調を崩して寝込む人も何人かいて……」

「……なんだか、いろいろ大変なんだな」

寺という場所柄なのか、あまりにも不可解な要素が詰まりすぎている。笙は雫が芯夜と重なって見え、本気で同情してしまった。

「──で、神無さんはその人魂を見たことがあるの？」

「あります。境内で見たあとに、気分が悪くなって三日ほど寝込みました。寺の住職をしていた父は、この人魂をなんとかしようとして護摩壇《ごまだん》をしている最中に倒れて、そのまま亡くなってしまって……」

「──っ」

笙は絶句した。死人まで出ているなら大事だ。

人の心が読めるという彼女は、人間不信に陥《おちい》っているところもあるだろう。それでも彼女は、なけなしのコミュニケーション能力を駆使して、強引とも呼べる手法で芯夜のもとを訪れた。その意味が今ようやくわかった。これは必死になるはずだ。

雫は涙ぐんで、肩に力を入れた。

「祇王君に、その人魂の正体を突き止めてほしいんです！　でないと、父が守ってきたお寺から檀家《だんか》さんがいなくなっちゃうかもしれない……」

檀家がいなくなるのは寺にとって死活問題だ。そのせいで何百年も続いた寺が潰れるのも珍しくはない。

「どうする芯夜？」

笙としては、この相談に乗ってやりたいが、決めるのは芯夜だ。無理強《じ》いはできない。

「……『悪路神《あくろじん》の火』みたいだな」

芯夜は注意深く雫を見つめながら、ポツリと呟いた。

「悪路神の……火？　なんですか、それ」

雫が不思議そうに尋ねる。

「雨の日に現れることが多い妖火で、その火を見た者は、必ず疫病《えきびょう》にかかり寝込むことになると言われている。どういったわけか地面に伏せれば疫病にはならないらしい」

「そんな妖火があるんですか？　じゃあ、うちの寺に現れる火も悪路神の火の可能性が？」

「いや」

芯夜は押さえていた右のこめかみから指を離し、立ち上がった。

「サトリにしても悪路神の火にしても、ありえない浮説だ」

きっぱりと言い切った芯夜に、雫は目を丸くする。生き神様が怪異を否定するのが意外だったようだ。

笙は腰を落として、雫に囁《ささや》いた。

「ごめんね。あいつああ見えてかなりの現実主義者なんだ」

「そ、そうなんですか？」

芯夜はおもむろに模型の部品を片付けはじめた。

「あ、あの……！」

扉に向かった芯夜に、雫が弾かれたように立ち上がる。すると、芯夜は不愉快そうに振り向いた。

「今日はプラハ城の大聖堂を完成させる予定だったんだ。だから、あんたの言うとおり昨日は徹夜もした……」

「あ、ありがとうございます！」

雫はパッと顔を輝かせて芯夜に頭を下げた。芯夜は深々と溜め息をついて腰に手を当てた。

「なにも言ってないのに、先に礼を言うな」

「す、すみません！　つい嬉しくて……でも、そういうことですよね？」

「──まったく、やりにくいな。早く寺へ案内してくれ」

不愛想だが前向きな芯夜に、雫は笑顔になった。

「はい！」

雫は急いで自分の鞄《かばん》を摑《つか》むと、芯夜に先んじて研究室の扉を開けた。

「まず、駅まで行って……」

──と、弾んでいた雫の声がピタリと止まった。

訝《いぶか》って彼女の肩越しに扉の外を覗《のぞ》くと、雫の前に一人の女性が立っていた。あまり手入れをしていなさそうな長い髪に、吊り上がった目が特徴的だ。彼女は驚くほど痩せていて、顔色も悪かった。

笙が声を掛けようとすると、女性はドスのきいた低い声で雫に話しかけた。

「あんた、こんなところで何やってんのよ」

「は、春佳《はるか》ちゃん……？」

「この化け物！　わざわざ甦りの生き神様のとこまで来て、なにを企《たくら》んでるのよ！」

春佳と呼ばれた女性は、雫の髪をわし摑んだ。

「きゃあ！」

乱暴に頭を振り回されて、雫は悲鳴を上げる。笙がとっさに止めに入ろうとしたが、それよりも先に芯夜が春佳の腕を摑んだ。

「いきなり乱暴か？　怖い女だな」

「よ、甦りの生き神様……！」

春佳はどこか怯《おび》えたように芯夜から目を逸《そ》らしたかと思うと、苛立《いらだ》ったように雫を突き飛ばした。

「い、生き神様！　こいつの言うことなんて信じないでください。こいつはとんでもない嘘《うそ》つきなんだから！」

春佳はヒステリックに叫ぶと、研究室の前から逃げるように去っていった。

笙は唖然《あぜん》としつつ、尻もちをついた雫を助け起こす。

雫は震えながら笙の腕を摑み、縋るようにして立ち上がった。その瞳には涙が浮かんでいる。

「大丈夫か？　暴力をふるうなんて普通じゃないだろ。いったい、なんなんだ。あれ」

憤《いきどお》る笙に、雫ではなく芯夜が答えた。

「……彼女にはどうやら俺たちとは違うものが見えているらしい」

「は？」

「思ったより面倒くさいことになりそうだ」

芯夜は頭を掻《か》くと、けだるそうに研究室を出て行った。

「おい、芯夜！」

笙と雫は慌てて彼の背中を追う。一号棟を出て駐車場まで来ると、芯夜は黒い乗用車の前で振り向いた。「ん」と掌《てのひら》を伸ばされ、笙は動きを止めた。

「なんだよ？」

「車のキー」

「お前、運転する気か？」

黒い乗用車は笙の愛車だ。芯夜はハナから電車で行く気はなかったらしい。

「だめだ。運転なら俺がする」

「なんで？　いつも俺に運転させてくれるだろ」

芯夜はわずかに唇を尖らせて、澄んだ眼差しでまっすぐに笙を見つめた。わがままを言うとき彼はいつもこの顔をする。笙が芯夜の甘えた眼差しに弱いことをちゃんと知っているのだ。それでも、笙は心を鬼にして拒絶した。

「今日は神無さんを乗せるんだから、俺が運転する。お前、免許取り立てだし。スピードだってけっこう出すから危ないだろ」

「……あんたはいつも平気で乗ってるだろ」

「他人が乗ってるときは別だ！」

「そんなに彼女を守りたいのかよ」

明らかに拗《す》ねてしまった芯夜に、笙は溜め息をついた。芯夜は笙が自分より他人を優先するとあからさまに機嫌が悪くなる。こうなると宥《なだ》めるのに苦労するのだ。

笙が困っていると、見かねた雫が二人の間に割って入ってきた。

「あ、あの、祇王君。それは違うんじゃないかな？　たぶん、矢鳥さんは他人を乗せてるときに祇王君に事故を起こしてほしくないんだよ。万が一のことがあって他人が怪我をしたり亡くなったりしたら、責任を感じるのは運転してた人だから……。矢鳥さんは祇王君にそんな辛い思いをさせたくないんじゃないかな？」

歳《とし》上らしく言い聞かせはじめた雫に笙は微妙な気持ちになった。まったくその通りだったからだ。サトリにも困ったものだ。

「……」

なにを思ったのか、芯夜は雫に近づくと真上から彼女を見据えた。芯夜の身長は笙とそう変わらない。真顔の迫力に耐えられなかったのか、雫は怯えたように一歩後ずさった。まるで狼に喰《く》われるまえの兎《うさぎ》だ。

「あの、な、なにか……？」

「あんたに言われなくても、そんなことは知ってる」

芯夜は無表情に言い捨て、ふいっと助手席に回った。とりあえず聞き分けてくれたことに安堵《あんど》して、笙は車のドアを開ける。

「ありがとう、神無さん」

「いえ。……でも、睨《にら》まれてしまいました。私また余計なことを言ってしまったみたいですね……」

「いや、睨んだわけじゃないよ。あいつ三白眼だから黙ってても凄《すご》んでるように見えるんだよ」

「はぁ」

雫が後部座席に乗り込む間、助手席の芯夜は素知らぬ顔で窓に目をやっている。説教する気も失せたので、エンジンをかけて駐車場から車を出し、雫の案内で隣の市へ向かう。

都内といっても郊外なのであまり高いビルはない。のどかな車窓を眺めながら、芯夜が口を開いた。

「さっきの女だけど」

「あ、はい！」

「誰？」

「あ……えっと、私の幼馴染みです」

雫が辛そうだったので、笙はあえて触れなかったが、芯夜はそういったことはお構いなしだ。彼女も言わないわけにはいかないと覚悟していたのだろう。意外と素直に答えてくれた。

「あれがあんたの言ってた、たった一人の友達か」

「はい。名前は篠目《ささめ》春佳って言います」

「たしか、サトリの呪いのせいで疎遠になったって言ってたよな？」

「はい」

「なんで？」

おいおい。そこを聞くかと思ったが、芯夜は他人のプライバシーなど気にするタイプではない。雫はしばらく言い淀《よど》んでいたが、やがてポツリポツリと語りだした。

「春佳ちゃんの家はうちの檀家で、墓地に先祖代々からのお墓もあるんです。幼い頃から境内でたびたび会うことがあって、そこから仲良くなって……。小中高と同じで、大学もたまたま同じになって喜んでいたんですけど……。彼女、去年の春頃からうちの寺で副住職を務めてくれている行戒《ぎょうかい》さんと……その、恋仲になっちゃったようで……」

緊張しているのか、雫は鞄からペットボトルのお茶を取り出して一口飲んだ。

「春佳ちゃんは私にそのことを隠してたんです。だけど、私……やっぱり気づいちゃって……」

「まぁ、君に隠し事をするのは無理だろうな」

笙が相槌《あいづち》を打つが、雫はそれには答えなかった。

「私もそっとしておけばよかったんですけど、どうしてもできなくて……。つい、彼女に行戒さんと別れるように忠告したんです」

「別れる？　どうして？」

笙はバックミラーで雫の顔を見る。どことなくさっきより顔色が悪い。

「行戒さんは若くして副住職を務めるほど優秀なお坊さんなんですが、プライベートの素行はあまりよくなくて……。あの、お恥ずかしい話なんですが、檀家の人妻と不倫をしてるんです……」

「あー、なるほど。人妻と不倫するような男と大切な幼馴染みが付き合ってたら、そりゃ黙ってられないよな」

「はい。なんとか別れるように説得したんですが、逆に春佳ちゃんをもの凄《すご》く怒らせちゃって……。傷つけないように遠回しに言ったつもりなんですけど、隠し事をあばくなんて最低だとなじられてしまって……。それからは大学内で顔を合わせてもあからさまに避けられるようになったんです。話しかけても無視したり怒ったり。もう、どうしようもなくて……」

雫は涙声を悟られまいと、不自然に咳《せき》を漏《も》らした。

笙はなんとも言えずに横目で芯夜を見る。雫の気持ちも春佳の気持ちも笙にはわかる。

恋愛が絡むと女の友情がもろくなるのも知っている。かといって、幼馴染みを放っておくことは雫にはできなかったのだろう。

芯夜は壊れた友情に関して感想を言うでもなく、急にコロッと話を変えた。

「ところで、今日あんたが俺のところに来ることを彼女や他の人に喋《しゃべ》った？」

「い、いいえ。知ってるのは矢鳥さんを紹介してもらった柊木さんくらいです。私が祇王さんに会いたがってることは誰も知らないはずです」

「――嘘だろ。あんた、柊木の紹介だったのか？」

芯夜があからさまに嫌な声を出した。

「話を聞くんじゃなかった」

「――え？　え？」

今さらそんなことを言われても困ると雫は当惑している。

「笙兄、なんで黙ってたんだよ」

刺さるような視線を感じながら、笙は極力横に顔を向けないように運転を続けた。

実は、芯夜と留季は犬猿の仲だ。なぜか芯夜は留季を毛嫌いしていて、笙がうっかり彼女の話をするだけで不機嫌になる。だから、雫が留季の紹介だということは黙っておいたのだ。

「騙《だま》すなんて最低だろ」

「そう言うなよ。あんまり彼女が必死だったから俺も断れなくてさ。彼女はお前に繋《つな》がる伝手《つて》がないから、しかたなく留季さんに頼んだだけなんだ。それに、神無さんもそんなに留季さんと親しいわけじゃないよな？　な？」

念を押すように問うと、察しのいい彼女は「はい！」と必要以上に大きな声で返事をしてくれた。

笙はそれでも納得できないのか、ブツブツ文句を言いながら、笙の左腕を軽く拳《こぶし》で何度も突く。

「いて！　こら、運転してるんだから、やめろ」

「どうせ、黙ってれば俺にばれないとでも思ったんだろう」

「そ、そんなことはない……ぞ？」

「騙したお詫《わ》びに、今度ドイツのシュヴェリーン城の模型買って」

「プラハ城が完成してないのに、なに言ってるんだ！」

「シュヴェリーン城を買ってくれないなら、車から降りる」

「わかった、わかった！　だから、腕を突くな！」

一瞬ハンドル操作を誤りそうになり、笙は芯夜を叱りつけた。そんな二人を見かねたのか、雫が割って入る。

「あ、あの。さっきの話ですけど、矢鳥さんのところへ行くことを誰かに喋ってたらまずいんですか?」

へたくそな話題転換だったが、芯夜はようやく笙への攻撃をやめた。

「——そういうわけじゃないけどな」

「だったら、なんで?」

「篠目春佳は、あのとき偶然俺の研究室の前にいたのかと思ってさ」

お前の研究室じゃないだろとツッコみたかったが、笙はグッと堪《こら》える。これ以上彼の癇《かん》の虫を刺激してはいけない。

「——って、そんなわけはないよな。だとしたら、彼女はあそこであんたを待ち構えてた。つまり、あんたの後をつけてたってことだ」

「え!?」

後部座席から、ギョッとしたような声が返ってきた。

「なんで篠目さんが神無さんの後をつけるんだよ。むしろ、避けてるはずだろ?」

「なんでだろうなぁ」

芯夜は他人《ひと》ごとのように言うと、シートを深く倒した。そのまま目を閉じてしまったので、笙は呆《あき》れて芯夜の額《ひたい》を叩く。思わせぶりな上に、この横柄な態度。まだ留季のことを根に持っているに違いない。

「ごめんね神無さん。こいつ誰にでもこうだから気にしないで」

「いえ……」

雫は笑顔で顔を横に振った。愛想笑いだとわかっているが笙は気づかないふりをする。

想像していた甦りの生き神様と芯夜があまりにも違うので、雫は気落ちしているのだろう。たしかに、芯夜は子供のように怒るし拗ねるし、笙には甘えたい放題の子供だ。けっして呼び名から想像されるような尊さは感じられない。

相談者の中には、失礼な芯夜の態度に腹を立て、解決する前に帰ってしまう人もしばしばいる。雫はそんなタイプではないだろうが、彼の言動が当初の期待を裏切っているのは確かだ。だが、はっきり言ってそんなことは知ったことではない。相手が勝手に生き神様の人格は素晴らしいものじゃないといけないと押し付けているだけだ。

祇王芯夜は祇王芯夜。それ以上でもそれ以下でもないのだから。

3

大学を出てから車を三十分走らせた先に、目的の退覚寺はあった。

住宅地から少し離れた山の麓《ふもと》にある静かな寺で、中途半端な長さの階段を登った先に山門がある。

江戸中期に建てられたというだけあり、それなりに古めかしさを感じる小さな寺だ。本堂の裏は道を知らない者が入ったら迷ってしまいそうな深い森に続いている。その森から移植してきたのか、境内にもたくさんの木が植えられていた。

寺の敷地内に建てられた大きな民家が雫の実家だという。祖母と母、そして寺の法務を務める法務員二人と共に共同生活をしているらしい。

妖火を見て倒れたことがあるのは法務員の一人と母親、更に雫を加えた三人が吐き気や高熱で苦しんだという。

芯夜が本堂に入る前に墓と境内を回りたいと言うので、雫は言われるまま寺の中を案内してくれた。

「境内で妖火が出るのはどの辺?」

「あ、だいたい、本堂の裏側です」

「本堂の裏? 主に参拝客が訪れる山門側には出ないいってこと?」

「少なくとも、私は出たと聞いたことはありません」

雫に導かれて本堂の裏に回ると、そこは質素な坪庭《つぼにわ》になっていた。一番奥に小さな祠《ほこら》が三つ並んで建てられているが、日当たりが悪いせいで少しじめじめしている。祠の御利益もあまりないのか、お世辞にも気持ちのいい場所とは言えなかった。敷地の外は、すぐに山になっているので、獣《けもの》が隠れる場所はたくさんありそうだ。――もちろん、妖怪も。

「境内の妖火は、だいたい日も明け切らない早朝に出るんです。寺の者はみんな早起きして総出で掃除をしたりご本尊のお世話をしたりするんですけど、そのときに出ることが多いみたいで。母は箒《ほうき》で裏庭を掃いている最中に、あの辺りで見たようです」

雫は祠の側《そば》に立つ木を指さした。それは竹や笹《ささ》のように鋭く長い葉をした低い広葉樹だった。光沢のある葉に彩られるように白く美しい花が咲いているので、とても見栄えのいい木だ。

芯夜は祠の側に行くと、木や祠の裏を隅々まで観察した。

「この木も山から移植したものなのか？」

「はい。裏山もうちの山なので、そこから何本か移植してます。この寺が建てられた当初からのものもあるので、木によって樹齢は様々です」

「本堂の裏にしか妖火が出ないってことは、参拝客には被害が出てないってことだよな？」

「はい。ただ墓地に出る人魂は寺以外の人も見ています」

「もしかして、墓地に出る妖火は、ここの妖火とは出る時間帯が違ったりしないか？」

芯夜に問われて雫は目を丸くした。どうやら図星のようだ。

「どうしてわかるんですか？　たしかにここの妖火はまだ薄暗い早朝ですけど、墓地の人魂は真夜中にしか出ないいんです」

「……なるほどね」

芯夜は我が意を得たりとばかりに口角をあげた。

「この木、何本か枝が折られてるけど、覚えがある？」

「え？」

雫が木に近づくと、芯夜が言うように二、三本の枝が無残にへし折られていた。

「全然気づきませんでした。……いつの間に……誰かの悪戯《いたずら》かしら」

「器物破損だな」

他人の敷地の木を勝手に折ればそんな罪状もつくだろうが、大げさだと思ったのか雫が苦笑した。

「しかたないですよ。境内には誰でも入れますから、不届き者もいるでしょう。私ならバチが当たりそうでできませんけど」

「――そう。なら次は墓地が見たい」

「はい」

雫に案内された墓地は本堂の右手にあった。少し奥まった場所なので、墓地に入ってしまえば境内や本堂はまったく見えない。裏庭に比べて日当たりもよく、墓地だというのに安堵感まで湧いてくる。日光とは、それだけ人間の心身に影響を及ぼすものなのだ。

雫は墓石が動いていたという墓の場所まで行くと、ここによく人魂が出るのだと言った。

墓はよくある小ぶりの御影石《みかげいし》で、何の変哲《へんてつ》もないものだ。だが、墓石が他の墓に比べてずいぶんと薄汚れている。

「もしかして、これはあんまり参る人がいない墓なのか？」

「あ、はい……。このお家は先祖代々うちの檀家さんなんですが、今は娘さん一人しかいなくて、その娘さんも数年前に地方にお嫁に行かれたので、参る人がいなくなってしまったんです……。そのうち墓じまいの相談を受けるかもしれないって、父さんが言ってました」

「ふーん。墓地の端にある墓だし、いろいろとうってつけかもしれないな」

「――うってつけって、なにが？」

服が汚れるのも構わずに芯夜が墓の前に這《は》いつくばったので、笙は腰を落として彼に問うた。だが、芯夜はひたすら墓の下方を覗くだけで返事もしない。

しかたなく笙が墓石に目をやると、骨を入れるカロートとの境目が微かに右に動いている気がした。最初からこうなっていたのか何者かが動かしたのかはわからないが、なんとも据わりが悪いので直したくなる。

笙が思わず手を伸ばそうとすると、それを遮《さえぎ》るように芯夜がカロートと墓石の境目を撫《な》でた。その指には、土に混じってうっすらと白い粉のようなものが付いている。

「神無センパイ。微妙に動いてる墓石ってここだけ？」

「いいえ、あと二、三基あります」

「その墓はここと同じように、参る人がほとんどいないんじゃないのか？」

「そ、そうです……」

雫が示す墓に赴き、芯夜は同じように這いつくばる。見ていられず、笙も這いつくばると、横で芯夜がクスッと笑った。

「真似しなくてもいいんだよ」

「俺にも何かわかるかもしれないだろ」

「服が汚れるけど？」

「とりあえず、マンションに帰ったら即洗濯な」

「はいはい」

共に暮らしている二人は家事を分担している。掃除と洗濯が芯夜で料理その他が笙だ。土は時間が経《た》つと落ちにくくなるので、彼が怠《なま》けて後回しにしないように先に念を押したのだ。芯夜はこういったことは素直に聞くので楽だ。

二人でたわいもない会話をしていると、ふと、笙の目の端に何か光るものが映った。

「——？」

墓の裏から何か反射するものが覗いている。地面に落ちているそれは、アルミホイルの切れ端だった。お供え物でも乗せていたのかもしれない。

拾ってよく見るとアルミホイルには焦《こ》げたような跡がある。気になってつい指で触れようとすると、芯夜が素早くそれを取り上げた。

「なかなかの証拠だ」

「は？」

それが？　と笙と雫は首を傾《かし》げる。

芯夜はそっとアルミホイルのにおいを嗅《か》ぐと、おもむろにスマホを取り出した。

「誰に電話するんだ？」

問うと、芯夜は決まってるだろと言いながら液晶を押した。

「俺のゲボクにだ」

「――下僕!?」

そんなものがいるのかと素直に驚く雫に、笙は眉を下げて苦笑した。

「ゲボクは芯夜の冗談だよ」

そう言っても、雫は信じられないようだ。生き神様になら下僕くらいいてもおかしくないと彼女は思っているのかもしれない。

芯夜いわくの『ゲボク』が来るのを待つ間、本堂の中を偵察するため三人は境内へと戻った。すると、山門前で袈裟《けさ》を着た僧侶と、三十代半ばの美女が向かい合っているのが見えた。

「行戒さん」

雫が気まずそうに名を呟く。

行戒とは、あの不倫二股《ふたまた》坊主のことか。

なるほど、整った顔立ちの美男子ではある。年齢も三十代半ばで脂《あぶら》が乗った時期だ。これなら檀家の奥様や女子大生が血迷ってしまうのもわかる気がする。

三人に気づいた行戒はこちらを向いてニコリと微笑《ほほえ》んだ。

「お嬢さん、今日はお帰りが早いんですね。……そちらの方たちは？」

「あ、私の大学の先輩です。うちのご本尊がサトリのミイラだって言ったら興味を持ってくれたので、寺を案内してるところなんです」

雫の嘘に乗って筐が頭を下げると、行戒は両手を合わせてそれに応《こた》えてくれた。

「——さ、鮫島《さめじま》さん。こんにちは」

雫は隣の女性にも声を掛けた。だが、女性は雫を見るとあからさまに顔を逸らし、行戒に何事か囁いている。彼女は行戒に背中をさすられ、青白い顔で彼を見上げた。首筋に流れる脂汗を拭《ぬぐ》いながら笑顔を作り、鮫島はか細い声で言った。

「ごめんなさい、行戒さん。私、今日はこれで失礼します」

「そうですか？」

残念そうな行戒に頭を下げると、鮫島は三人に挨拶《あいさつ》することなく背を向けた。と、山門を潜ったそのときだった。

「きゃああ！」

不意に鮫島の悲鳴が響き、一同はギョッとして山門から出た。

足を滑らせ転げ落ちでもしたのか、なんと鮫島は十段ほど下の踊り場に倒れて呻《うめ》いているではないか。

「鮫島さん！」

慌てたのは行戒ではなく雫だった。急いで階段を駆け下り、鮫島の側で膝を折る。

「大丈夫ですか？　怪我はしてませんか？」

行戒と共に二人が駆けつけると鮫島は無理に立ち上がろうとして悲鳴をあげた。見ると右腕が妙な方向に曲がっている。雫はとっさに彼女の肩を摑んでその動きを止めた。

「鮫島さん。これ、折れてるんじゃないですか？　救急車を呼ばなきゃ！」

「やめて！」

鮫島は悲鳴に近い声でスマホを持つ雫の手を叩いた。

「鮫島さん？」

「触らないで、化け物！　どうせ家に帰れば医者がいるんだから、救急車なんて大げさなことしないでちょうだい！」

「――っ！」

今、彼女はなんと言った？

鮫島は雫を見てブルブルと震えながら、なおも言いつのる。

「だから、ここには来たくなかったのよ……。バチがあたったんだわ！」

「鮫島さん……」

立ち上がろうとした鮫島に雫が手を貸そうとしたが、鮫島は必死の形相で突き飛ばした。

「ひぃ！　サトリーっ!!」

「……っ」

「化け物！　化け物ーっ！」

鮫島は錯乱したように絶叫し、逃げるように階段を下りていった。あの様子では、足に怪我はしていないようだ。だが、明らかに右手は折れているように見える。大丈夫だろうか。

「やっぱり、救急車を呼んだ方が……」

化け物呼ばわりされても、なお心配する雫に行戒が優しく言った。

「彼女の家は病院で旦那《だんな》さんはお医者さんです。ここからも近い。きっと大丈夫でしょう」

冷静な行戒に諭され、雫は救急車を呼ぶのをやめた。

何事もなかったかのように寺に戻っていく行戒の背中を見ながら、芯夜が雫に囁く。

「あの坊さんの不倫相手って、もしかして彼女？」

「はい、鮫島弥生《やよい》さん。旦那さんは鮫島総合病院の院長で、うちの寺にも多くの寄付をしてもらっています」

「不倫相手が怪我をしてるっていうのに、たいして心配もしてないんだな」

「そうですね……」

雫の声が暗い。芯夜はチラリと彼女に目をやった。

「どうした？」

「――彼女、私のことを化け物って呼んでた……さすがに面と向かって言われるとキツイですね」

雫は深く傷ついている。俯きかげんに右腕をさする彼女の手を芯夜は凝視する。

「妖怪が見えるのは、彼女が人間だからだ」

「え？」

まじまじと見上げる雫に、芯夜はスッと目を細めた。

「これだけ謎を解く条件が揃っていても、まだサトリの呪いだと信じてるなら、あんたを悩ませる化け物は一生あんたから離れないだろうな」

「え？」

「しかたない。まとめて妖怪を退治するか」

芯夜は面倒くさそうに首を回し、山門に向かって階段を登っていった。

「祇王君？」

「本堂が見たい。あと本尊のミイラも」

「えっ、ご本尊様を!?」

当然のように要求する芯夜に焦り、雫は階段を踏み外しそうになりながら彼の後を追った。

「待って、祇王君！　ご本尊様はさすがに無理です！　あれは神聖なものなんです！　いつもは鍵の付いた厨子《ずし》の中にしまわれていて、特別なことがない限り開帳は……」

「今がその特別なときだろ？」

「――っ！」

いきなり立ち止まった芯夜に雫は言葉に詰まる。

「今までサトリの名に苦しめられてきたのなら、なぜ一連の出来事の謎が解けない？　登場人物の思惑が読めない？　わからないことだらけだから、生き神である俺を頼ってきたんだろ？　もうその時点であんたのサトリの呪いは破綻《はたん》してるんだ。だったら、あんたを苦しめるサトリの本当の正体を暴かないとな」

厳しく言い放った芯夜の言葉は雫に反論の余地を与えなかった。

目を見開いたまま微動だにしない雫の肩を、筆は優しく叩く。我に返った彼女はわずかに地面を見つめて頷いた。

「わかりました……厨子の鍵を取ってきます」

次に顔を上げたとき、彼女の表情から迷いは消えていた。

4

雫が鍵を取りに行っている間、笙と芯夜は本堂で待つことになった。

本堂の床は全体的に板張りで、本尊を祀《まつ》る内陣と参拝スペースの外陣に分けられている。外陣では参拝客用の木椅子が固定されており、内陣にはあらゆる仏具や護摩壇が並ぶ。そして、須弥壇《しゅみだん》には仏像……いや、およそ仏らしくないものが鎮座していた。

あまりにも予想外で、笙は須弥壇から目が離せなかった。

本来なら仏像が安置されているはずの場所に、人間の身長を優に超える化け物の像があったのだ。

パッと見は巨大な猿だろうか。色は青黒くあまり好ましい色彩ではない。メンテナンスを怠《おこた》っていないのか、江戸期に作製された割には塗装がしっかりしていて色落ちは見当たらない。大きな口から覗く牙は容易に人を咬《か》み殺せそうなほど鋭く、腕は異様に大きかった。手には長い刃のような爪があり、毛深さを強調した彫刻は見事なもので、ともすればその身体がこちらへ向かって歩いてくるような迫力がある。大きな黒い瞳は不気味な光を宿し、見上げる者と目が合うように微妙な細工がなされていた。全体は木製だが、瞳には黒曜石《こくようせき》らしきものが入れられているようだ。

「あれがサトリなのか？」

「だろうな」

「まさか、仏像の代わりにサトリそのものが祀られてるなんてな」

本尊がサトリのミイラだとは聞いていたが、サトリの供養のために建てられた寺だと聞いていたので、てっきり拝むのは仏像で、サトリは厨子の中だけのものだと思っていた。

参拝客や寺の者はこの妖怪に向かって手を合わせていることになるが、仏閣特有の心の安らぎをちゃんと感じているのだろうか。

「見たところ妖怪っていうより、大猿に近いな」

思わず本音を口にすると、芯夜が笙の肩に寄りかかりだるそうに博識を披露してくれた。

「サトリは飛驒《ひだ》や美濃《みの》地方に住む玃《カク》という妖怪と同一視されてるんだ。玃はサトリと同じく人の心を読み、人や動物を攫《さら》ったり、女人に子を生ませたりするらしい。大きな猿のような獣で、色は青黒い。だから、あながち間違っちゃいない」

「間違っちゃいないって？」

「だから、そういうことだろ」

「わからん」

芯夜はうるさそうに、ますます体重を掛けてきた。

「重い！」

十九歳の青年になろうというのに、芯夜には甘え癖がある。不意にこうして寄りかかってきたり、構ってもらおうとちょっかいを掛けてくることがしばしばだ。笙はそういった甘えを最大限許容しているが、さすがに人目は気にしてほしい。

芯夜のこめかみを指で押し戻すと、彼は不満そうに離れて僧侶が座る礼盤《れいばん》のもとまで歩み寄った。しばらく周囲を見回し、おもむろに礼盤の上に膝を乗せる。

「こ、こら！」

慌てる笙を無視して、彼は護摩壇をしげしげと見つめている。護摩壇は綺麗《きれい》に掃除されていて、木や札を燃やした灰などは残っていない。芯夜は袖《そで》を伸ばして素手で触れないように注意しながら礼盤の横の白木製の磬台《けいだい》に触れた。

磬台とは、読経《どきょう》の合図に鳴らす磬という金属製の仏具を下げる台のことだ。退覚寺の磬台は鳥居型で中央に赤い房飾りがぶら下がっている。

「仏具にならまだ煙の成分が染みついてるかもしれない」

ブツブツと芯夜が独り言を言っていると、背後から小さな咳が聞こえた。

振り向くと雫が目を逸らしながら「お待たせしました」と本堂に入ってきた。礼盤の上に堂々と乗っている芯夜の姿に不敬を感じているようだ。

「センパイ、厨子の鍵は？」

何か言いたそうな彼女を気にすることなく、芯夜は礼盤から降りる。

「持ってきました」

小さな鍵を二人に見せて、雫は声を潜《ひそ》めた。

「これから厨子を開けますが、サトリのミイラを見たことは絶対に誰にも言わないでください」

「ああ、はいはい」

適当に答える芯夜に不安気な表情を見せながら、雫は二人を内陣の脇の間へ導いた。畳敷きの脇間を通ったとき、芯夜が上部にある木製の窓に気がついた。窓はいくつかあり、専用の道具がなければ人間の身長では開けられない高さにある。

「センパイ、この窓って住職が亡くなった日は閉まってた？」

雫はなぜそんなことを聞くのかと窓を見上げる。

「あ、はい。なぜか閉まってました」

「なぜかって？」

「護摩壇で祈禱するときは、声や音が外に漏れないように本堂の扉を完全に閉めるんです。だけど、煙を逃がすために、左右の脇間にあるこの窓だけは必ず開けてました」

「それがあのときに限って閉まってたと？」

「はい。あ、でも……私たちが最初に駆けつけたとき、本堂の扉は大きく開いてたんです」

「それはいつもはありえないことなのか？」

「ええ。あの日は参拝客も少なかったし、父はあえて扉を開けていたのかもしれません。最近天窓の立て付けが悪くて開けるのに苦労してましたから」

「ちなみに、住職が搬送された病院はどこ？」

「近くの総合病院です。ほら、あの鮫島さんの旦那さんが経営してる……」

「なるほど」

芯夜はじっと窓を見つめている。

「住職の死因は？」

「突発性の心筋梗塞《しんきんこうそく》でした」

「じゃあセンパイが妖火を見て気分が悪くなったときもその病院へ？　診断は？」

「たいていは原因不明で自律神経の乱れによるものだろうと……。だからよけいに気味が悪くて。みんながみんなそんなことになりますか？」

「よほど、この寺にストレスを感じてるのかもしれないな」

「――芯夜」

筌がたしなめると、芯夜は軽く肩をすくめた。

「冗談だよ」

「お前の冗談は冗談に聞こえないからタチが悪い」

「笙兄はすぐ怒る。もう少し俺に優しくするべきだろ」

「これ以上、何をどう優しくするんだ」

軽く喧嘩《けんか》を始めた二人を宥め、雫は脇間から内陣に鎮座するサトリ像の裏へと案内した。

須弥壇の裏には、像で隠すように厨子が祀られている。厨子は黒地の漆《うるし》塗りで、金箔で緻密な細工がされた立派なものだ。両サイドには蠟燭《ろうそく》立てがあり、供物《くもつ》なども捧げられ大切に扱われてきたことが伺える。

雫が厨子の錠前《じようまえ》に鍵を入れる。ガチャリと音がしたとたん、笙の中に緊張のような高揚感のような複雑な感情が湧いてきた。

ミイラを直《じか》に見るのは初めてだ。おまけに妖怪のミイラというプレミアまでついてくれば、好奇心が疼《うず》いてしまうのはしかたがない。

雫が神妙な面持《おもも》ちで厨子を開けたとたん、笙は息を呑んだ。

厨子には、まるで即身仏のようにあぐらをかいた干からびた死骸《しがい》が納められていた。

大きさは日本猿の三倍はあるだろうか。一般的なヒヒよりも更に大きい。その形相は恐ろしく歪んでいて、目は空洞で口からは鋭利な牙が剝《む》き出しになっている。大きな手は厨子におさまるように無理に捻《ね》じ曲げられ前で組まされているように見えた。その手や足に残る爪は人間の肉など簡単に貫けてしまうほど長く尖っている。

　これは明らかに人間の死体ではない。かといって、猿でもない。人の恐怖心を煽《あお》り立てるなんとも奇妙な異物だ。

　笙がしげしげと眺めていると、芯夜が手を伸ばしそうになったので、とっさに叩きはらった。

「勝手に触れるな！　呪われたらどうするんだ」

「……呪い？」

　芯夜が喉《のど》の奥で笑う。

「たしかに、本当に呪われそうなくらいよくできた置物だ」

　また不躾《ぶしつけ》なことを言い出したので、雫の手前その頰《ほお》をつねると、芯夜はそれでも負けずに滔々《とうとう》とミイラの正体を暴きだした。

「たぶん、中に布か綿が詰められて外部に猿の皮でも貼り付けてるんだろう。手足は粘土の可能性もあるな。膠《にかわ》などで継ぎ目を見えなくしてるんだ。技術的にも一級品だ。牙は狼、爪は熊ってところか？」

「芯夜！」

　仮にも本尊として崇められているサトリのミイラを一目見ただけで偽物扱いする芯夜を笙は叱ったが、彼は止まらなかった。

　雫はショックを受けたように立ち尽くしている。こうやって偽物扱いをされることを一番恐れていたのかもしれない。先祖代々守り続けてきた本尊が偽物なら、いったい自分たちの長年の献身はなんだったのかわからなくなるからだ。

これは神無家のアイデンティティに関わる重大な問題であり、侮辱《ぶじょく》だ。

「し、失礼じゃないですか。ちょっと見ただけでミイラが偽物だとなんでわかるんですか？」

「じゃあ、逆に聞くがセンパイは妖怪が本当にいると思っているのか？」

「――それは……」

「この世にサトリは本当にいるんだと思い込みたいだけだろ」

「……っ！」

「江戸期にはこういった人外のミイラの偽物を作って見世物にする見世物小屋があちこちに存在したんだ。そういった偽物が現在まで残り、寺に納められているものも数点ある。河童《かっぱ》とか、鬼とかね」

「そ、そうかもしれないけど、うちのサトリは……」

「本物だって言い張りたいなら、うちの大学でCTやX線にでもかけてみればいい。なんなら生物学や民俗学の教授に協力を仰いでみたらどうだ？　何百年物の謎がめでたく解明されるかもな」

畳みかける芯夜に、雫はワナワナと唇を震わせた。彼女はしきりに右腕をさすって彼を睨みつけている。それを一瞥《いちべつ》して、芯夜は軽く溜め息をついた。

「その右腕、鮫島夫人が階段から落ちてからずっとさすってるよな？」

「……これは」

「痛いんだろ？」

「──っ」

「彼女の奇妙に折れ曲がった右腕を目にしてから、あんたはそこに違和感があってしょうがない」

「そ、そうですけど。それが何か？」

するると、突如《とつじょ》芯夜は彼女の肩を摑んで一喝《いっかつ》した。

「痛くない！」

「──っ!?」

驚く彼女に、芯夜はなおも言い聞かせるように言った。

「痛くない、痛くない、痛くない！　右腕の骨が折れてるのはあんたじゃない！　鮫島夫人だ！」

雫は我に返ったように大きく目を見開き、右腕から手を離した。

「痛く……ない……？」

「そう、痛くない。それは思い込みだ」

「思い込み……」

「そうだ。あんたは自分で自分に暗示をかけてるんだ」

呆然《ぼうぜん》としている雫が心配になり、笙は彼女から芯夜をそっと引き離した。雫の瞳から涙が流れるのを見て、笙は掛ける言葉を探す。

「神無さん、大丈夫？　こいつ、強引でごめんね」

雫が緩く首を横に振った。

「いえ。芯夜君の言うとおり、実はずっと右腕が痛くて困ってて……。ううん、違う。痛いっていうか、ずっと誰かにつねられてるような感覚があったんです。私、昔から酷《ひど》い怪我を負った他人の姿を目にすると、自分も同じところに違和感を覚えてしまって……二、三時間はその感覚が消えなかったんです。でも、今は消えてる……」

雫は不思議そうに右腕を伸ばしたり曲げたりしている。

笙はようやくそこで芯夜の真意に気づいた。

「神無さんを苦しめてたサトリの呪いの正体は、異様に強い共感力によるものだったんだね」

「共感力？」

「元々日本人は共感力が高い人が多いんだけど、まれに異様に高すぎる人も存在する。そういった人は、他人の感情やエネルギーを自分の中に取り込みやすくて、己の感情と混同してしまうことがあるんだ。それは痛みも同様で、普通の人は一瞬の気のせいですんでしまうけど、共感力が高すぎる人は他人の痛みを自分のものと受け止めて、脳がありもしない痛覚を感じさせてしまうんだ。神無さんの場合はそれが何時間も続くんだろうね」

雫はしげしげと己の右腕を見つめた。

「他人の心がなんとなく読めてしまうっていうのも同じだよ。共感力が高すぎる人は五感が優れてるから、他人の顔色や空気がよく読めるんだ。だから今この人はこんなことを考えてるってことがわかってしまう。たしか、神無さんは芯夜が徹夜したあとだと言い当てたね？　それは芯夜の模型に対する言葉や、うっすらとある目の下のクマと表情で想像した。そして、俺が淹れた普通より濃いコーヒーで、無意識に確信を得たんじゃないかな？　君は状況や会話、人の表情から瞬時に推察をたてることに長《た》けてるんだ。普通の人が見逃してしまうようなことも、目について深読みしてしまう」

「あ……」

雫は心当たりがあるような顔をして、微かに眉を寄せた。

「――まぁ、読みが全て当たってるかどうかはわからないけどな」

「芯夜」

「だってそうだろ？　共感力が高いといっても人の脳内を覗けるわけじゃない。半分は空気を読みすぎるあんたの思い込みも入っているかもしれない。『あなたは今こんなこと考えてますよね？』と相手に直接聞いてみなきゃ、答え合わせは一生できないんだから、よくない感情を受けとっても気のせいだと思って生きた方が楽だ。俺が昨日徹夜したなんて、俺が認めない限り現実だったことにはならない。つまり、人の心の中なんて全てが藪《やぶ》の中ってことだ。まぁ、第三者が目撃してたなら話は別だけど」

「ガッツリ徹夜してただろ」

「……」

諫《いさ》めるような笙の視線から逃れるように芯夜は顔を逸らせた。

「──全てが藪の中……」

雫が反芻《はんすう》するように呟いた。遠慮のない芯夜の言い方でも、なにか心に刺さることがあったようだ。

「まぁ、そういった人は気遣いができる優しい人が多いんだけどね。この人はこう思うだろうって先回りができちゃうから」

「それに、危機管理能力にも優れてるしな」

芯夜が初めてフォローらしいことを言い出したので、笙は苦笑した。

「そう、大昔からそういった人のおかげで人類は生き延びてこれたんだ。空気や環境を敏感に読んで、危険を他人に告げる人間がいたからこそ、この現代まで俺たちが生きてる。そう逆に無鉄砲で共感力の低い人間ばかりだと、人類なんていつでも滅んじゃうからね。そう考えると凄いことだよ」

「……じゃあ、サトリの呪いは？　うちは代々サトリの呪いを受けてきたんです。現に父だってとても聡《さと》い人でした……」

「高い共感力ってのは、遺伝することも多い」

芯夜の目がサトリのミイラに向いた。偽物扱いしてはいるが、出来がいいので見ていて飽きないのは事実だ。

「さっきの筌兄みたいに、あなたの能力はこういうことですと説明してくれる者がいればいいが、江戸期じゃそうもいかない。高すぎる共感力に苦しむ人間の中には、占術家や宗教家に転じる者も多かったはずだ」

「え？　じゃあ、ご先祖様がサトリを退治したっていうのは……」

「自分の能力を正当化して、周囲に認知してもらうための方便だった可能性が高いな」

方便という言い方にも芯夜の気遣いがみえた。そうせざるを得なかった神無家の先祖の気持ちもわかるからだ。現代より排他的な時代だ。一種の異能ともとれる高い共感力は他人にはさぞ奇異に映ったことだろう。生きるための嘘を誰が責めることができるだろうか。

雫は眉間に皺を寄せてはいるが、正面から芯夜の言葉と向き合おうと努力しているようだ。長年の刷り込みをそう簡単に覆《くつがえ》せないのは当然だが、彼女は納得していないわけではない。

「……祇王君は、なんでもわかって凄いですね。私が右腕に痛みを抱えてるってすぐにわかっちゃったし……それも生き神様の力なんですか？」

まさに雫は右腕をさすっていたが、それだけで見抜いた芯夜が不思議だと彼女は言った。

芯夜はミイラから雫に目を戻して、おもむろに自分の右腕の袖を上げてみせた。それを見て笙も雫も絶句した。芯夜の右腕は痛々しくも赤く腫《は》れあがっていたのだ。

「俺もあんたと同じだから」

「お、同じ？」

「俺も共感力が高い。共感痛に関してはあんたより酷いかもしれないな」

「——酷いってもんじゃないだろ！」

共感痛なのに、芯夜は身体に異常まで起こしてしまっているではないか。

笙はとっさに芯夜の腕を掴んでさすった。人の手には不思議な力がある。掌を患部に当てたりさすったりするだけで痛みが和《やわ》らぐ経験をした者は多いだろう。手当という言葉には、そういった文字どおりの意味も含まれているのだ。

芯夜のように高い共感から生まれた痛みなら、なおさら効果は高いはずだ。

「こんなになってるのになんで黙ってたんだ！」

笙が怒ると、芯夜は眉一つ動かさず笙から腕を奪い返した。

「これくらい平気だ。腫れなら丸一日すればひく」

「──丸一日!?」

雫はギョッとして声を上げた。雫はつねられている程度の痛みが数時間だが、芯夜の場合は現実に身体に異常をきたし、それが丸一日続く。辛さを知る彼女にとっては考えられない拷問《ごうもん》だ。これは医者に行っても治るものではないので、ただひたすら我慢するしかない。

「痛いときは痛いってちゃんと言ってくれ」

笙は芯夜が自分に寄りかかってきたときのことを思い出して辛くなった。てっきり甘え癖が発動したのかと思っていたが、実は痛みに耐えていただけなのかもしれない。

余計なことはベラベラと喋るのに、肝心《かんじん》なことは黙って耐える。芯夜は幼い頃にあの洞窟で苦しんでいたときと全然変わっていない。

冷やした方がいいかと聞く雫に芯夜が頭を振ると、彼女の瞳からぽつりと涙がこぼれ落ちた。

「祇王君……。私、サトリの呪いって言葉に甘えて現実をちゃんと見てなかったかもしれない……」

「……」

「このミイラが本物かどうかはわからない。だけど、これは本物で呪いだと思い込んでる方が楽だったのも確か……」

「自分の特性を理解すれば、上手な生き方もちゃんと見つかる。これだけ地域に根付いてる寺だ。今さら真実なんて追究しなくていい。あんたが自分の能力とどう向き合っていくか。それだけで、呪いなんてなかったことになる」

「……」

雫の口元がゆっくりと弧《こ》を描いた。

常に彼女を覆《おお》っていた淀んだ気が自然と消えたように感じた。人というものは本当に不思議な生き物だ。考え一つ、表情一つだけで周囲の空気までガラリと変えてしまうのだから。

「センパイ、これだけは覚えておくといい。怪異は人間にだけ存在するってことを。たいていの怪異は人の脳が造りだした幻《まぼろし》だ。不可思議なことも必ず何か原因が存在する。それを怪異と片付けてしまうのは人にとって簡単で都合がいい。それだけのことだ」

「……」

雫は思考を止めたかのように芯夜を凝視した。しばらくして、今まで見たこともない穏やかな表情でふわりと笑った。

「でも、私にとってあなたはやっぱり生き神様だわ」

「俺は生き神なんかじゃない。人間だ」

「たしかに、そうね。こんなに無礼な生き神様なんていないわね」

歳上らしく芯夜をからかう雫は、どこか硬さが抜けて嬉しそうだった。

それは、彼女が初めて祇王芯夜という『人間』をちゃんと理解した瞬間だったのかもしれない。


一通り寺の探索を終え、三人で山門を出ると、階段の下の駐車場に白い乗用車が一台止まっているのが見えた。運転手は芯夜と笙を見つけると、苦虫を嚙《か》みつぶしたような顔で車から降りてきた。

歳の頃は二十代半ば。少し垂れ目で人の好《よ》さそうな顔をしている。紺《こん》のスーツをきっちりと着込んだ姿は一見サラリーマンのようだが、眼光の鋭さが普通の勤め人とは一線を画していた。

ツカツカと階段の下まで迫ってきた青年に、芯夜は軽い足取りで駆け下りる。馴れ馴れしく青年の肩を抱き、雫から離れた場所に彼を誘導する。

墓地で見つけたアルミホイルを彼に手渡し、なにやらボソボソと密談をしている芯夜を見つめて、雫は疑問の表情を浮かべた。

「——矢鳥さん。……あの人が例のゲボクさんですか？」

階段を下りて遠巻きに青年を見つめる雫に、笙は曖昧《あいまい》な笑みを浮かべた。

「二人は何を話してるんでしょう?」

「何か頼み事じゃない?」

「頼み事ですか」

怪訝《けげん》そうな彼女に本当のことを告げてもいいかどうか迷っていると、察してくれたのか雫は二人から目を離して首をこちらに向けた。

「あの、矢鳥さん。私ちょっと気になったんですけど。祇王君の腕にあったあれ……」

「ああ……」

笙には雫の言いたいことがすぐにわかった、芯夜が右腕の袖をまくったとき、共感痛とは別に、古い切り傷のようなものがたくさんあった。彼女が気になるのも当然だ。

あの傷は芯夜が九年ぶりに故郷に帰ってきたときからついているものだ。なぜ腕にそんなものがあるのか、当の本人を含めて誰もわからない。当時、あらゆることを心配した警察がきちんと検査をしたが、身体から薬物や虐待《ぎやくたい》のあとは他に何も検出されなかった。

己で傷をつけたのか他人に傷つけられたのか、謎は不気味に残ったままだ。

「俺も、あの傷についてはよくわからないんだよ……」

曖昧に返事をしたにもかかわらず、雫はそれ以上追及しなかった。彼女の察しの良さは本当に助かる。相手が話を広げたくないときは、こうやってあえて誤魔化されて話を終わらせてくれるのだから。

時間をもてあまして二人でたわいもない会話をしていると、スーツの青年が大股で車に戻っていった。その際、むっつりした顔のまま笙に右手を上げてくれたので、笙も手を上げる。実は彼とは芯夜抜きで軽く酒を酌《く》み交わす仲なのだ。

不機嫌そうな表情をしていたが、駐車場を出て行く車の運転は必要以上に丁寧だ。こういうところに彼の慎重さと人の好さが表れているようで、笙はホッコリする。

「さてと……」

青年を説得するのがよほど大変だったのか、芯夜は首を回しながらこちらに戻ってきた。

「サトリは退治できたし、お次は悪路神の火だな」

芯夜は腰を折り、雫の目線に己の目線を合わせた。

そうだ。サトリの呪いは解けたが、そもそもの依頼は妖火の正体を突き止めることだ。こちらは何一つ解決していない。

「たぶん、鮫島夫人は当分寺に来ないだろうから、尾行するならセンパイのお友達の方かな」

「春佳ちゃんを尾行するんですか？　どうして？」

「どうしてって、悪路神の火に篠目春佳が関わっている可能性が高いからだろ」

「え？」

「ちなみに、センパイの読みははずれてるから」

「読みって……もしかして春佳ちゃんと行戒さんの関係のこと?」

雫は二人が恋愛関係だと思い込んでいたが、芯夜はそれがはずれているというのか。

「とりあえず今日は動きがないだろうから帰るとして、明日の……そうだな、夕方に彼女の家に行こう」

「——でも」

雫が縋るように笙を見上げる。笙は安心させるように微笑を浮かべた。笙は自分の笑顔が人に癒《い》やしを与えることを自覚している。少しあざといが必殺技だ。

「亡くなった住職のためにも悪路神の火を早く退治しなきゃな」

そう言うと、雫は本題はそっちだったと思い出したのか、気乗りしないなりにも頷いてくれた。

5

翌日、笙の車は篠目春佳のアパートの前にあるコインパーキングにあった。

「祇王君、そろそろどうして春佳ちゃんが悪路神の火に関わっているのか教えてほしいんですけど」

春佳の住居は退覚寺に近く、徒歩でも充分行ける距離だ。とはいえ、身を隠す場所がないので、三人はかれこれ三時間ほど車の中で缶詰めになっていた。

　悪路神の火の謎を解くはずだったのに、やってることはなぜか、コンビニで買ってきたサンドイッチを囓《かじ》るという車内ピクニックだ。笙にいたっては大きな水筒にコーヒーまで入れてきている。長丁場になると思ったのか用意がいい。

　芯夜は三階にある篠目春佳の部屋の灯《あか》りから目を離さないまま、サンドイッチを齧った。

「まだわからないのか？　もしかして気づいているのに、知らないふりをしてるのか？」

「――芯夜、神無さんと篠目さんは幼馴染みだ。マイナスの方向に考えたくないのは当然だろ」

　笙はサンドイッチを飲み込めるように、芯夜にコーヒーを手渡した。彼は熱いコーヒーに口をつけて息をつく。

「そもそも、篠目春佳はなんで俺と笙兄の研究室で暴れたのかってことだよ。考えてみたら、神無センパイが行戒と篠目春佳の恋仲に勘づいて、行戒はよくない男だから離れろと一方的に忠告したくらいで、あそこまで乱暴に怒りをぶつけるか？　友達がいのない奴だと罵《ののし》って縁を切ることはあっても、殴りつけるなんて尋常《じんじょう》じゃない。あげく、化け物扱いだ。加えて彼女はセンパイが生き神の俺に自分のことを相談したんだと邪推してた」

「……それは、そうかもしれないけど」

「化け物ってなんだ？　神無センパイがサトリに呪われてたってことを、篠目春佳は知らないんだろ?」

「ええ。打ち明けてません。それを言っちゃうと友情が壊れる気がしたから」

「じゃあ、彼女が言う化け物とは神無センパイのことじゃないな」

「私のことじゃないなら、いったいなにを?」

「彼女の目には本当に異質なものが見えてるんだ」

「……」

「鮫島夫人もセンパイを見て化け物だのサトリだの騒いでたな」

「ええ」

芯夜はバックミラーをチラッと見た。

「もし、二人とも同じものを見ていたとしたら、なかなかおもしろいと思わないか?」

「二人は、いったい私に何を見てるんでしょうか?」

「だから、サトリだろ」

「……サトリ?」

雫が不思議そうに口元に手を当てる。

「ちなみにセンパイ。寺の住職……あんたのお父さんと行戒の仲は良好だったのか?」

「ええ。行戒さんは二十代前半の頃から退覚寺で修行をしていたんですが、とても信心深くて見込みがあるって父さんは褒めてました。うちには男の子がいないから、息子みたいにかわいがってたんですけど……」

「けど？」

「ある日を境に、妙に険悪になってしまって。父が行戒さんを避けてるみたいだったんです」

「いつから？」

「よく覚えてないけど……ちょうど墓地に妖火が出るって言われだした頃だから、一年以上前かな……。亡くなる直前には行戒さんを破門するかもしれないって、祖母や母に言ってました」

「だろうなぁ。きっとセンパイのお父さんは共感力と同じくらい推察力が高かったんだろう。だから、察してしまった」

「察した？」

「そして、神無センパイが篠目春佳に忠告したように、住職も行戒に忠告した可能性が高い」

二人の会話を聞いて、たいていの予想がついたのか、笙は口を挟んでこなかった。

辺りはすっかり日が暮れ、時計の針が夜の十時を回った頃、ふと春佳の部屋の灯りが消えた。注視していると、春佳がフラリとアパートから出てきた。

薄暗いアパートの入り口の電灯が彼女の顔を不気味に照らす。相変わらず彼女は痩せ細っている。目は落ちくぼんでいるのに、眼光だけはギラギラと光っていて、明らかに常人とは違って見えた。

どうしたことか、晩夏だというのに、彼女は厚手のジャケットを身に纏《まと》い、寒そうに顔を隠した。半袖でもまだまだ暑い季節だ。その姿は傍目《はため》に見ても異様だった。

春佳は怯えるように周囲を気にしながら闇《やみ》の中へと消えていった。

「つけるぞ」

芯夜の合図と共に、笙と雫も車を降りる。三人はどこかへと向かう春佳の後ろをつかず離れずついていく。

春佳は足早にまっすぐ退覚寺に向かっていた。

「こんな時間にお寺へ？」

春佳は一歩一歩確かめるように山門への階段を上がっていく。ともすれば足を踏み外して転げ落ちてしまいそうなほど危なっかしい。

どうにかこうにか山門を通った春佳は、境内に誰もいないことを確かめると、まっすぐに墓地へ向かった。

夜更けに墓地へ行くなんて、寺で育った雫でさえ遠慮したい。なのに、春佳はたった一人で墓地の奥へと進んでいくではないか。三人はところどころ墓石で身を隠しながら、彼女を見守る。すると、墓地の最奥で何者かが蠢《うごめ》いているのが見えた。この世の者ではないと勘違いして悲鳴を上げそうになった雫の口を笙が掌で塞ぐ。

なんとか悲鳴を呑み込んだ雫が目にしたのは、霊ではなく行戒副住職だった。

「こ、こんなところで逢《あ》い引き!?」

「大胆《だいたん》だな」

つい小声で驚きを口にする雫に、芯夜が皮肉を言った。

春佳は行戒に縋るようにその胸に身体を預ける。至近距離でなにやらボソボソ言っているようだが、声がはっきりと聞こえない。しかも、遠目な上、灯り一つない闇の中だ。目が慣れてきたとはいえ、二人が何をしているのかまではよく見えなかった。

しばらくして、驚くべきことが起こった。二人がいる場所から、ポワッと灯りがともったのだ。それはまさに人魂のようだった。

「ぎ、祇王君！」

思わず、雫が声を上げると、パッと人魂が消えた。

「誰だ!?」

悪いことに行戒に気づかれてしまったらしい。

行戒は春佳を押しのけ、鬼のような形相でこちらに近づいてくる。殺気と不安が入り混じった感情を受けとった雫は背筋が震えた。

墓石の裏に隠れている何者かを確認しようと、行戒が手にしていたライターで火をつけた。攻撃する気なのか、その手には太い棒のようなものが握られている。あんなもので殴られたらひとたまりもない。

「そこにいるのはわかってるんだ、出て来い！」

行戒の目が三人の姿を捉《とら》え、棒を振り上げた瞬間――。

『ワンワンワン！』

けたたましく吠《ほ》える犬の鳴き声が墓地に響き渡った。動転してライターから手を離した行戒に、どこから現れたのか大きなシェパードが飛びかかった。

「うわ！　わああ！」

真っ暗な墓地でいきなり獣に襲いかかられた行戒は情けない悲鳴を上げてシェパードと格闘している。

「レン！　ステイ！」

一気に現場が騒々しくなり、三人が墓石の裏から顔を出すと、一人の男性が犬の側に駆け寄った。一人と一匹の後から現れたのは、昨日寺の駐車場で会った青年ゲボクだ。

「遅いぞ、ゲボク」

「お前が急に電話してくるからや。だいたい、この件は俺の管轄《かんかつ》やないって言うとるやろ！」

ゲボクが行戒を後ろ手にして、地面に伏せさせた。その間に春佳が墓地から逃げようとしていた。ぬかりのないゲボクが行戒を別の男性に任せて後を追う。難なく捕まった春佳の口から悪態が溢《あふ》れ出るのを聞いていられず、雫は怖々彼女に近づいた。

「春佳ちゃん……大丈夫？」

「なんなのよこれ！　あんたの仕業《しわざ》ね、雫！　何してくれんのよ！」

春佳はヒステリックに喚《わめ》いて、ゲボクの腕から抜け出そうとあがいていた。

「わ、私は何も……！」

泣いている雫を宥めていると、ゲボクが春佳を行戒のもとまで連れていき無理やり腰を下ろさせた。

「――んで、芯夜。あやしい墓はどれや」

「あそこと、そこの奥にある二基だ」

「わかった――。木原《きはら》さん、お願いします」

ゲボクが犬の綱を握る男に頼むと、彼は犬にサインを出して墓石の臭いを嗅がせた。すると、スイッチが入ったように犬が吠え立てた。

「どうやらビンゴのようやな」

立ち上がったゲボクは春佳から目を離せない雫に声を掛けた。

「お嬢さんはこの墓地の責任者？」

「せ、責任者というか……寺の者ですが」

雫が答えると、ゲボクはおもむろに手帳を取り出した。

「いやぁ、驚かせてすんませんなぁ、自分、こういうもんです」

ゲボクが懐中電灯を当てて開いた手帳には大きく旭日章《きょくじつ》があった。

「警察の人!?」

それを聞いて、春佳の顔が蒼《あお》くなった。行戒も観念したように俯き、舌を打つ。

青年の警察手帳には『下僕天晴』と記されていた。

「ゲボク　アッパレさん?」

「シモベや!　シ・モ・ベ!　タ・カ・ハ・ル!」

この漢字のせいで長年嫌な思いをしてきたのか、下僕《しもべ》はしつこいくらいに自分の名を連呼した。芯夜が彼をゲボク、ゲボクと呼んでいた意味がようやくわかり、雫は素直に謝る。

ゲボク呼ばわりは本当に芯夜の冗談だったのだ。

「で、お嬢さん。俺は捜査一課のもんやから、この件は管轄外も甚《はなは》だしいんやけど、そこの坊さんと女は現行犯やし、この場で墓石を動かす許可をもろてもええやろうか?」

「げ、現行犯?」

言われてふと見ると、春佳の手には小袋に入った白い粉が握られていた。

「春佳ちゃん、それは……?」

「お嬢さんが見たのは、覚醒剤《かくせいざい》のあぶりの現場や」

「――!?」

大人しく青年の足元に座っている犬の頭を撫で、下僕は言った。

「こいつは優秀な麻薬犬のレン君とハンドラーの木原さんや。レン君を連れ出すのは苦労したんやで。芯夜が無茶ばっかり言うて俺を頼ってくるから、しかたなく木原さんに頭を下げたんや」

ブツブツ言っている下僕に、雫はわけもわからず相槌を打つ。彼は聞いてもいないことをベラベラと喋る癖があるらしい。

捜査一課は殺人や傷害などの強行犯を捜査し、薬物犯罪などは捜査二課の管轄だ。同じ刑事課といってもその役割はきっちりと分かれていて、管轄外の捜査に無断で乗り出すのはあまり好ましいとは言えない。なのに、彼は麻薬犬を連れてまでここへ駆けつけてくれたのだ。

「恩着せがましいぞゲボク。そのうち、この件はあんたの管轄になるから安心しろ。胸を張って警視庁に帰れるぞ」

「何回言わせんねん、クソガキ！　俺はシモべや！」

肩を叩く芯夜の手を振り払い、下僕はなおも雫に続けた。

「あー。つまり、この優秀なレン君が墓地にクスリが隠されとるって言うとるんやけど、令状を取ってくるのも面倒やろ？　今ここで墓石を動かす許可がほしいんや」

「あ、はい。構いませんが……」

呆然としたまま、雫が頷く。まだ何がなんだかわかっていないが、拒む理由もない。

「芯夜、お前も手伝え」

下僕は芯夜を墓の反対に回らせ、重い墓石の上部を動かした。墓の下にある骨壺を入れるカロートと呼ばれる部分を開くと、本来の主である骨壺は奥に押しやられ、袋に入れられた白い粉が押し込まれていた。

「大当たりやな、芯夜」

下僕は手袋を嵌《は》めて、白い粉を丁寧に取り出した。

「これは凄いな。ここだけやないとしたら、とんでもない量やで。俺だけでは手におえん。やっぱり二課にも出張ってもらわな」

「そうだな」

下僕は墓から離れると、電話を掛けようとスマホを取り出した。

「芯夜、お前の言うとおり、アルミホイルからは覚醒剤の成分が検出されたで」

「知ってる。だから来てくれたんだろ」

下僕は悔しがっている篠目春佳と行戒を現行犯逮捕すると、スマホに耳を当てた。

腕に手錠をはめた春佳と行戒の姿に、雫は胸を痛める。

「春佳ちゃん……」

「やっぱり、サトリのバチが当たったんだ」

　春佳は項垂《うなだ》れて唇を噛んだ。芯夜が彼女の側に腰を落とす。

「あんたの言う化け物って、本堂にあるサトリの像のことだろ」

「……」

　春佳は憎々しげに芯夜を睨みつけた。

「祇王君、どういうことか説明してください。私たちは悪路神の火を退治しに来たんじゃないんですか？」

「退治しただろ」

　芯夜はおもむろに指を二本立てた。

「まず、前提として妖火は二種類あったんだ」

「二種類？」

「ああ。まず一つは人魂と誤解されていた墓地に出没する妖火だ。これは今見たとおり、麻薬常習犯のあぶりが原因だった」

「……でも、そもそもなんで墓地であぶりなんて」

「詳しいことはこれから警察が捜査するだろうが、この行戒はおそらく麻薬の売人だ。いわゆる一般人を中心に、麻薬を売りさばいていたんだろう。たとえば普通に暮らす主婦とか学生とかな」

「あ……」

雫の脳裏に鮫島夫人の顔が浮かんだ。

「まさか」

「そう、そのまさかだ。鮫島夫人と行戒は不倫関係ではなく、クスリの売人と客という間柄だった。鮫島夫人が暑くもないのに妙な汗をかいていたのも、腕の骨が折れていたのに平気そうだったのもクスリの影響だ。脳から出るアドレナリンのせいで興奮状態にあれば、痛みが緩和される場合もある。——神無センパイは二人のただならぬ密会を目にして不倫だと勘違いしたんだろうが、実際はクスリの購入現場を目にしていただけだったんだ」

「じゃあ、春佳ちゃんも？」

「——っ」

雫は啞然として、春佳を凝視する。

「そう、彼女と行戒の仲も同じ。恋愛関係なんかじゃない」

「言っただろ？　他人の思考が読める気がしても、はっきり確かめないと人の心の中は藪の中だって。察しが良くても思い込みには注意しなくちゃならない」

「そうだけど……。でも、なんでこの寺でクスリの売買なんか……」

「ホームグラウンドだからだろ。しかも参る者がいない墓石のカロートなんか、麻薬を隠すにはピッタリの場所だと思わないか？　おまけに真夜中の墓地にはあまり人が寄りつかない。売買もしやすい一石二鳥の場所だ」

「……」

「中毒者の中にはない金を工面してギリギリのタイミングでクスリを買う人間もいる。クスリに侵された脳はクスリを目にすると我慢ができない。すぐさま吸いたい欲求の方が勝ってしまう。墓地という人目につかない場所が彼らを油断させたんだ。手にしてすぐあぶりで吸えば嫌でも火は使うだろ？　それが墓地の妖火の正体だ」

「そんな……」

雫は強くショックを受けていた。春佳がそこまでクスリに侵されているとは考えたくないが、今見たことが現実なのだ。

「じゃあ、境内の妖火は？　あれもクスリのあぶりなんですか？」

「言っただろ。妖火は二種類あるって。境内に出る妖火は庭に植えてある夾竹桃《きょうちくとう》だ」

「――夾竹桃？」

声を上げたのは、雫ではなく下僕だった。

「そう、あんたにわざわざ来てもらったのはここからが本題だからだよ」

芯夜は両腕を組んで、行戒のもとに歩み寄った。

「あんたさ、いつから売人をしてるのか知らないけど、それをここの住職に知られたんだろ？」

「――っ」

行戒は何も言わず歯ぎしりをした。

「神無親子は人並み外れた共感力と推察力の持ち主だが、娘の方はそれを複雑な恋愛関係のせいだと思い込み、篠目春佳に忠告した。しかし、親友を傷つけないようにオブラートに包んだ言い方だったため、春佳は自分たちのクスリの売買を神無センパイが知っていると勘違いした。だから、春佳はセンパイを最大限に警戒してたんだ。研究室に乗り込んできたのも、彼女が生き神の俺にクスリの告げ口をしたと思い込んだためだ」

「……」

「そして、それと同じようなことが行戒と住職の間でも起こっていた。住職の場合はもっと明確だったかもしれない。しかし、住職は息子のようにかわいがっていた行戒に温情をかけてしまった。警察には通報せず、破門だけにとどめようとしたんだろう。もしかしたら、治療施設に入るよう勧めた可能性もある。だが、住職の親心は行戒には通じなかった」

芯夜はキョロッと墓地を見渡すと、満開の花を咲かせている木を指さした。あれは本堂の裏にあった低木と同じものだ。

「あの木は夾竹桃といって、強い経口毒性がある植物だ。森や山に限らず、それとは知らずに住宅の庭に根を下ろしているものもたくさんある。この寺のものも山から移植されてきたんだろう。夾竹桃は枝を燃やすと非情に危険な代物だ。過去には人が亡くなる事故も起きている」

「燃やすって……火？」

「そう。悪意を持った者が枝に火をつけ、さも妖火のように見せていたとしたらどうだ？」

火を見たものは、疫病にかかり寝込んでしまう。地面に伏せれば助かる。煙はまず上にあがることを考えれば、理屈はまさに悪路神の火そのものではないか。

「夾竹桃の煙は毒性が強く、吐き気、倦怠感《けんたい》、脱力感、目眩《めまい》、下痢《げり》など、さまざまな症状を引き起こす。運が悪ければ死に至る場合もある」

「その症状って……！」

「そう、センパイたちが自律神経の問題で片付けられた症状だ」

まさかと雫は口を覆った。妖火を見て具合が悪くなった者は、みな鮫島病院で診《み》てもらった。果たして、医師が夾竹桃の毒を見抜けないなんてことがあるのだろうか。

疑問に包まれる雫の横で、芯夜は滔々《とうとう》と続ける。

「行戒は事情を知る者を人知れず始末しようとした。幸い墓地の妖火が騒がれていたこともあり、境内で妖火が出ても怪異ですまされると考えたんだろう。寺の者を一人一人夾竹桃で寝込ませたが、本命は住職だ。他の者はただの演出だったと考えていい」

雫はこぼれ落ちんばかりに目を見開いた。

「まさか、まさか……護摩壇に……！」

「そうだ」

雫と芯夜の推察が完全に一致した。

「そうなの？　行戒さん！　あなた、護摩壇に夾竹桃を仕込んで、お父さんを殺したの!?」

叫ぶ雫に、行戒は不気味に笑みを浮かべているだけだ。業《ごう》を煮やした雫が、春佳の肩を摑んで揺さぶった。

「ねぇ、教えて春佳ちゃん！　あなたも行戒さんに手を貸したの!?」

勢い余って、雫は春佳を土の上に押し倒す。すると、春佳は大声で笑い出した。

「そうよ！　あんたたち親子が私たちを売ろうとするから、殺すしかなかったのよ！　行戒さんと鮫島の奥さんと一緒に、あんたのお父さんを殺してやったのよ！　次はあんただったのに！」

「春佳ちゃん！」

悲痛な叫びを上げる雫に、芯夜がわずかに目を細めた。

「行戒は住職が護摩壇を行うのを待っていたんだろう。そして、その日はとうとうやってきた。護摩壇に夾竹桃を仕込み、全ての窓を閉め、煙が逃げるのを防いだ。ひょっとしたら、逃げようとする住職を押さえつけていたのかもしれない。ガスマスクで顔を覆えば夾竹桃の煙も怖くないからな。煙は本堂に充満し、住職は中毒で亡くなった。三人は事切れた住職をおいて逃げ出す際、煙が充満していた形跡を消すために出入り口の扉を開けたまましておいたんだ。そして、住職の遺体が発見されると、行戒は素知らぬ顔で皆の前に現れた」

「でも、お父さんは心筋梗塞だと診断が……」

「運ばれたのは、鮫島総合病院だろ？」

「――っ」

雫はもう言葉を出せなかった。

「殺人となれば、たしかに俺の管轄やなぁ」

今までどこかに電話をかけていた下僕は、通話が終わると神妙な声音《こわね》で話に割って入ってきた。

「ゲボク、調べるならまず鮫島総合病院だ。あそこの院長は夫婦で覚醒剤をやっている可能性がある」

「なるほどな。協力者が夫人だけだと心許《もと》ないが、院長もとなれば診断なんか簡単に細工できるわな」

「もし、住職の血液等が残っていれば、夾竹桃の毒素が検出されるはずだ。でなければ護摩壇近くの仏具を調べれば煙の成分がまだ付着して残ってるかもしれない」

「はいはい、ここからは警察の出番や。諸々《もろもろ》は俺らに任せとけばええ」

素人《しろうと》が捜査方法に口を出すなと言いながら、下僕は行戒の肩を叩いて立ち上がらせた。

「ほら、行くで。そろそろ応援も来るやろ。とりあえず、事情聴取や」

木原に連行されていく春佳に、たまらず雫は声を掛けた。

「春佳ちゃん！」

春佳は力なく振り向いた。その目には涙が浮かんでいた。

「雫、ごめんね……。本当は後悔してた。怖くて怖くてたまらなかった。寝ても覚めても、住職の最後の顔が忘れられなくて……。そのうち、あの本尊のサトリが私の前に現れるようになったの……。あんたの顔を見ると、サトリが牙を剝いて私を食い殺そうと迫ってくる……。だから、あんたは私たちが何をしたか知ってるんだと思ってた。知ってて私を呪い殺そうとしてるんだって……！」

「春佳ちゃん……」

「でも、違ったんだね。あれは、あんたじゃなくてサトリ自身の怒りだった。……本尊の前で人なんか殺したから、サトリが憤って私を呪ってるんだ。――だって雫、私は今でもあんたの後ろにサトリが見えてるんだもの……」

きっと、それは彼女が罪悪感とクスリの影響で見ている幻覚だ。雫は拳を握りしめて幼馴染みに叫んだ。

「春佳ちゃん、サトリの呪いなんかないよ！　怪異は人間だけにしか存在しないんだよ！」

「……？」

「甦りの生き神様がそう言ってた！」

雫は芯夜の腕を摑んで前に押し出した。

「春佳ちゃんの心と脳が呪いを作りだしてるの！　強い気持ちを持てば、いつかサトリの幻覚が消える日が来るかもしれない！　だから……だから……！」

最後の言葉は、どうしても声にならなかった。父親を殺した人間にこれ以上励ましの言葉を投げるのはおかしいと思って、口から出せなかった。代わりに雫は溢れる涙を堪えきれず声を上げて泣いた。

芯夜と笙は、そんな彼女を黙って見つめている。

「たいしたお人好《よ》しだな」

そう言ったのは芯夜だったのか笙だったのか。

泣きじゃくる雫には、声の主を判断することはできなかった。

6

実南大学の西紋教授の研究室……もとい、矢鳥笙のレンタル研究室に意外なものが届いたのは、退覚寺の事件からおよそ半月経った頃だった。

宅配業者の求めに応じてサインをし、両手で抱えるほど大きなダンボールを受け取った笙は、宛名《あて》が祇王芯夜と書かれているのを見て嫌な予感に襲われた。

「おーい、芯夜。お前に宅配が来てるぞ」

ついさっきプラハ城の模型作りを完成させたばかりの芯夜は、ご満悦で部屋から出てきた。

「来た来た」

まるでサンタからクリスマスプレゼントをもらった子供のように、芯夜はいそいそとダンボールを開けて新たな模型セットを取り出す。

仰天したのは笙だ。これはドイツのシュヴェリーン城の模型ではないか。

「お前、また新しい模型を買ったのか!? プラハ城を完成させたばかりだろ。無駄遣いばかりして。このままじゃ家も研究室も模型だらけになって人間の居場所がなくなるぞ！」

見るなり説教する笙を芯夜は軽くあしらう。

「何言ってんだよ。俺は無駄遣いなんかしてないし」

「はぁ？」

「約束しただろ。騙したお詫びにシュヴェリーン城の模型を買ってくれるって」

「――っ!?」

笙は唖然と口を開けた。言われればそんな話をしたような気もするが、約束した覚えはない。

「お前、まさか金は……」

「──あのう」

ホクホクと模型の箱を開ける芯夜を凝視していると、背後から実に遠慮がちな声が聞こえた。なんと、帰ったとばかり思っていた宅配業者の男性が、申しわけなさそうに扉の前に立っているではないか。

「それ、代引きなんで……お支払いを」

「笙兄、ほら払って。忙しいのに悪いだろ」

「はぁぁぁぁ!?」

絶叫する笙の身体をまさぐり、財布を見つけ出した芯夜は他人に対しては珍しいほどの満面の笑みで笙のクレジットカードを差し出した。

「今は現金がないから、これで」

「芯夜！」

焦ってクレジットカードを奪おうとすると、芯夜は「また俺を騙すのか？」と感情の見えない目をまっすぐに向けてきた。

「俺は絶対に柊木絡みの相談は受けないって何度も言ってたよな？」

もうすっかりこの話は終わったものと思っていたが、芯夜は執念深く覚えていたようだ。こうなると、頑固な彼を説得するのは不可能だ。

笙は泣く泣く諦めてカードを宅配業者に差し出した。サイズや物によっても違うが、芯夜の好む精密な模型は五万以上は余裕でする。諸事情で金に困ってはいないが、それでも痛すぎる出費だ。

宅配業者の男性は支払いが済むとホッとしたように帰っていった。

「もう二度と留季さんからの話はお前に持ってこない」

「わかればいいんだよ」

芯夜はシュヴェリーン城の模型の部品を手に取りながら、その細密さにいちいち歓声を上げている。普段は表情が少ないのに、好きなものを目にしたときだけ無邪気になるのはずるい。これでは何も言えなくなってしまうではないか。

これみよがしに溜め息をついて今後の節約生活を覚悟していると、突然研究室の扉が前触れもなく開いた。

「笙ちゃん！　元気ー？」

花が咲いたような明るい声で飛び込んできたのは、件《くだん》の柊木留季その人だった。

「留季さん!?」

「笙ちゃん、ありがとうね。雫からいろいろ聞いたわ。あの子ったら最近もの凄く明るくなっちゃって。少しずつだけど友達もできはじめたみたいなのよー」

留季は笙の手を握りしめ、必要以上に揉みはじめた。

あの一件で雫は縛られていた呪いからすっかり解き放たれたようだ。

下僕から聞いた話によると、住職の死因も病死ではなく殺人として再捜査が始まっているらしい。芯夜の読みどおり、病院に残っていた住職の血液から夾竹桃の毒物が発見されたという。完落ちした春佳に対して、関与した他の者たちは未だに犯行を否定しているようだが、真実はそう遠くないうちに白日の下にさらされるだろう。

雫からも数日前にお礼を言われたばかりだ。そのときの表情は霧が晴れたように晴れ晴れとしていたので、なにも心配はしていなかったが、留季の話が本当ならよい方向に物事が転がり出したようで安心した。

「本当、甦りの生き神様なんて胡散臭《うさん》いことこの上ないって思ったけど、案外頼りになるものねぇ」

留季は笙の手を自分の胸元へ引き寄せ、顔を近づけた。

「笙ちゃん。今日はお祝いしましょ！　二人で呑みに行くのはどう？」

芯夜のことなどすっかり横に置いて、留季は長い睫《まつげ》をパチパチさせて笙を見つめた。

笙は顔を引きつらせて愛想笑いをする。

実は彼女は結婚願望が強く、酔うたびに「あたしが三十になるまで結婚してなかったら、笙ちゃん結婚して！」と無茶苦茶な要求をしてくるのだ。それを断るのがとにかく厄介《やっかい》で、笙は彼女と酒の席を共にしないようにしていた。

「ええっと、留季さん……今日はちょっと」

懸命に断る口実を探していると、バンッ！　と大きな音が研究室に響き渡った。芯夜が机を叩いて留季を射殺さんばかりに見据えている。

「あんたは出入り禁止だと言っただろ、柊木留季！」

「やだ、生き神様ったらいたの？　全然気がつかなかったわ〜」

見え透いた嘘をつく留季を強引に笙から引き離し、芯夜は彼女を扉の外へ押し出した。

「笙兄は下戸だから、絶対にあんたとは呑まない！」

「なんであんたが返事するのよ、あたしは笙ちゃんに聞いてるの——」

彼女が言い終わらないうちに芯夜は扉を叩き閉め、鍵までかけてしまった。

「ちょっとー。なに？　妬《や》いてるのー？　なんなら、あんたも一緒に来る？　あ、まだ二《は》十《た》歳《ち》過ぎてないからお酒はダメか。お子様は残念ねー！」

必要以上に挑発しまくる留季の声が外から延々と聞こえてくる。芯夜は一回扉を叩いて留季を黙らせると、模型の前にどっかりと座った。

「せっかく、シュヴェリーン城を手に入れたってのに気分が悪い！　——やっぱり、騙された代償が模型一つじゃ足りなかった」

「ちょ、芯夜。勘弁してくれ！」

ともすれば新たな模型をネットで注文されそうだったので、笙は芯夜からスマホを取り上げた。

「とりあえず、シュヴェリーン城から片付けよう。……な？　次の模型はそれが終わってからゆっくり考えればいいだろ？」

「買ってくれんの？」

「俺は買わないよ！　模型一ついくらすると思ってるんだ。実家が金持ちのお前と一緒にするな！　これ以上俺に無理させるなら、毎日卵かけご飯だからな」

「……」

料理がまったくできない芯夜はムッと眉を寄せて、しぶしぶ二つ目の模型を断念した。

「じゃあ、今日はホルモン焼きそばを作って」

プリプリのホルモンがたっぷり入った焼きそばは芯夜の大好物だ。アンチョビを隠し味に使った特製のソースで作るので、笙にしか出せない味になる。

留季が絡むと際限がなくなる芯夜のワガママが、それくらいですむなら大歓迎だった。

「よし、じゃあ今日は帰りにホルモンを買って帰るか」

たくさん作ってやるからなと腕まくりをすると、芯夜はようやく機嫌が直ったのかふと口角を上げた。

こういうところが子供っぽくて好感がもてるのだが、それを芯夜に言うときっと怒るだろう。

扱いが楽でよかったと苦笑し、筐はシュヴェリーン城の抜け殻《がら》となったダンボールを複雑な思いで丁寧に潰した。

第二話　鬼《き》子《し》母《も》神《じん》

1

警視庁刑事部捜査第一課。

首都東京を守る警視庁にあって強行犯などを取り締まる捜査一課は、危険と隣り合わせの日々を送っている。

昼夜問わずの忙しさの中、ようやく遅い夕飯にありつけた下僕《しもべ》天晴《たかはる》は、自分のデスクで冷《さ》めたコンビニ弁当をかき込んでいた。

一応キャリア組と呼ばれる下僕は、二十五歳になった今年、警部に昇進したばかりだ。キャリアとしては遅めの昇進なので、幹部候補とは無縁と周囲から目されているが、本人は元来のんき者なので特に焦ってはいない。

自分のペースでのんびりと階段を登っていけば、そのうち日の目を見ることもあるかもしれない。下僕にとって出世とはその程度のものだった。

面倒くさい書類に目を通しながら化学調味料の味がする唐揚げを頰張《ほおば》っていると、捜査一課一番の強面《こわもて》、安堂《あんどう》が声を掛けてきた。

「おい、アッパレ。今、時間あるか?」

安堂は三十過ぎの叩き上げで、下僕と同じ警部だ。普段から親しくしてもらっている頼れる先輩だが、少しデリカシーに欠けるのが玉に瑕《きず》だった。

「安堂さん、俺タカハルっすよ。タ・カ・ハ・ル」

下僕天晴。この妙な名前のせいで先輩からはアッパレと渾名《あだな》を付けられ、祇王芯夜《ぎおうしんや》からはゲボク呼ばわりされる始末だ。何度改名したいと思ったかわからないが、親が晴天のように晴れやかな子になってほしいと願って付けてくれた名なので、なんとか踏みとどまっている。

こんな理由で改名手続きが通るほど酷《ひど》い名だとは思わないし、今のところ親の希望通りに育ったと自負もしているからだ。

「そんなことはどうでもいいんだよ」

「そんなことって」

隣のデスクから椅子《いす》を引っ張ってきて、安堂はどっかりと腰を下ろした。

「お前、岡山の甦《よみがえ》りの生き神様と知り合いだったな？」

唐突に祇王芯夜の話題を出され、下僕は不審に思いながら曖昧《あいまい》に返事をした。

安堂はこういう現実味のない話が嫌いなはずだ。甦りだのなんだのと真剣に話していたら、きっと鼻で笑うだろう。そんな彼が、自分から芯夜の話を振ってくるとは、いったいどういう風の吹き回しだ。

「知り合いというか、岡山で祇王の担当になっただけですよ」

下僕は警察官になったばかりの頃、岡山県警に出向していた。今から十二年前に発生した土砂災害から祇王芯夜が不可思議な生還を果たしたのは、ちょうどその頃だ。県内は全国的な騒ぎでごった返し、彼の住む伏鬼村《ふしきむら》を管轄《かんかつ》する署だけでは手に負えなくなったため、岡山県警から下僕が派遣されたのだ。

帰ってきたばかりの芯夜は生気がなく、まるで生きる屍《しかばね》のようだった。その彼のもとへ根気よく通い、いろいろと事情聴取をしたのが下僕だ。

芯夜が記憶をなくしていたので事件はなかなか解明されず、手をこまねいている内に出向期間が過ぎてしまったというのがことの顚末《てんまつ》だ。

晴れない霧を抱えたまましぶしぶ東京へ帰ったが、芯夜のことは常に胸の中にあった。まさかその後、彼が進学のために東京へ出てこようとは思いもしなかったが。

岡山で初めて会ったとき、彼は庇護《ひご》欲を掻《か》き立てられる弱々しい少年だったが、東京で再会したときは傲岸不遜《ごうがんふそん》な青年へと変貌《へんぼう》をとげていた。元気になってよかったと喜ぶべきか、周囲が奴を甘やかしすぎたと嘆くべきか悩むが、後者だと声を大にして言えば、下僕は冷酷だと罵《ののし》られてしまうだろう。それだけ芯夜の置かれている状況は複雑すぎるのだ。それに、ついつい彼の無茶な頼みを聞いてしまうのは自分も同じだ。それゆえ誰も責めることはできない。

下僕にとって唯一の救いは矢鳥笙《やどりしょう》だ。彼は吞《の》みの席で嫌な顔一つせずに下僕の愚痴《ぐち》に付き合ってくれる好青年だ。驚くほどの男前で他人に対しての包容力が半端ない。下僕は非の打ち所がない彼が大好きだった。年下だが同世代なので気心が知れ、今では良き友人として付き合いを続けている。

　芯夜のことで腹が立ったときや、仕事で行き詰まったときはよく笙を誘って呑みに行く。すると不思議と心が晴れるのだ。彼は下戸《げこ》なのであまり呑ませられないが、そんなところもギャップがあっていいと思う。ちなみに芯夜は笙を酒の席に誘う人間を嫌う節がある。芯夜との溝を埋めたければ笙を誘わないのが一番なのだが、それはそれ、これはこれだ。

「祇王芯夜がどうかしたんですか？」

　弁当をきれいに平らげてペットボトルの緑茶を飲み干すと、安堂が微妙な顔で書類を渡してきた。

「お前、ここ数年世田谷《せたがや》を騒がせてる『鬼子母神《きしもじん》連続失踪《しっそう》事件』を知ってるか？」

「『鬼子母神連続失踪事件』？　ああ、あれっすよね。五年前に世田谷にある鬼子母神神社の前で小学一年の女児が失踪した事件……。たしか、この事案を皮切りに四年前と二年前にも女児が同じ場所で失踪したんですよね？」

「そうだ。悔しいが、未だに解決の糸口が摑《つか》めない事件だったたんだが……」

　下僕は安堂の『だった』という言葉が気になって書類から目を上げた。

「何か手掛かりでも？」

「ああ。実は三ヶ月程前、四年前に失踪した成沢舞《なりさわまい》と、二年前に失踪した本永玲菜《もとながれな》が、同時に家に戻ってきたんだ」

下僕はあまり大きくない目を、これ以上ないほど見開いて安堂を凝視した。

「戻ってきた？　無事にですか？」

「ああ。二人とも健康状態にまったく問題はなかった。だが、失踪した経緯やどこでなにをしていたかなど、この子たちは何も覚えてないんだ」

「どういうことっすか？」

「俺だってわからねぇよ。それを今調べてんだろ」

「そ、そうっすね。……じゃあ、五年前に最初に失踪した長田美音《ながたみおん》は？」

「残念ながら、長田美音だけは未だ行方不明だ」

「……」

下僕は書類をめくって長田美音の顔写真を眺めた。目がまん丸でツインテールのかわいらしい少女だ。生まれたときから母子家庭で育った彼女は、小学校に上がったばかりの春、鬼子母神神社で一人遊んでいるときに行方不明になった。

「なんで彼女だけ帰ってきてないんっすかね？」

「それはわからねぇ。四年前に失踪した成沢舞が帰ってきてるんだから、その一年前に失踪した長田美音も生きている可能性はあると思うが……」

安堂はカップに入れたコーヒーを飲んで息をついた。

「似てると思わねぇか？　この事件」

「似てるって……祇王芯夜の事件にですか？」

「ああ。祇王は行方不明になって九年後にフラリと帰ってきた。しかも、あいつが唯一喋《しゃべ》ったのが『鬼子母神に攫《さら》われた』だろ？」

安堂の目が鈍《にぶ》く光る。

言われれば、『失踪』『不可思議な帰還』『記憶喪失』『鬼子母神』というキーワードは祇王芯夜を連想させる。だが『岡山』と『東京』、『災害行方不明者』と『住宅街での失踪』という明確な違いがある。さすがに一括《くく》りにはできないだろう。

「安堂さん。これは……」

「あー、言いたいことはわかってるよ。だが、今は少しでも手掛かりがほしい。お前、祇王に話を聞いてみてくれないか？」

「いいっすけど、当時何度も事情聴取して、なにも出てこなかったんですよ？　唯一語った鬼子母神についても、なぜ自分がそんなことを口走ったのかわからないと言う始末で……。県警では精神が混乱していたせいで言葉に意味はないということで落ち着いてます。いま祇王に証言を求めたとしても、この連続失踪事件解決の糸口にはならないと思いますが」

「いいから、こっちはこっちで捜査を進める。お前は祇王の面から探ってくれ。たとえまったく関係ない事件だとしても、なにかのヒントにはなるかもしれない」

「わかりました」

下僕が了承すると、安堂は満足したように椅子を戻して離れていった。その背中を見ながら下僕は溜め息をつく。

芯夜を刺激して辛い記憶を呼び戻したくはないが、幼い少女が三人も失踪事件に巻きこまれているとなればそうも言っていられない。

どうあっても逃れられない彼との腐れ縁を感じながら、下僕は弁当の空箱を片付けた。

2

ピピピピピピピピピ。

いつまでも鳴り響く目覚まし時計の音に苛立《いらだ》ち、矢鳥笙は同居している祇王芯夜の寝室に入った。時刻は朝十時。今日は休日なので遅めの起床時間にセットしているが、芯夜はそれでも起きない。

笙は目覚まし時計を止めると、彼の布団をはぎ取った。

「起きろ、芯夜。朝ご飯ができてるぞ」

「んー」

目を閉じたまま芯夜が小さく丸まろうとしたので、笙はとっさにその腕を摑んで引っ張り上げる。

「起きろって！　あんまり遅くまで寝てると夜寝られなくなるぞ」

「んー」

口うるさく説教をする自分に嫌気がさすが、二十歳《はたち》にも満たない青年を預かっている身としては、だらしないことはさせられない。

強引に芯夜の上体を起こすと、彼はまるでタコのようにグニャリと笙の腹に絡みついた。

「昨日の夜、シャンボール城を一気に完成させたから眠い」

「だから、いつも徹夜するなって言ってるだろ。ほどほどにしろよ」

大学では無口で、クールぶっている芯夜だが、笙の前だとただの甘えた弟のようになる。今もこうしてだだっ子よろしく布団に戻りたがっている姿を見たら、憧《あこが》れにも似た視線で彼を見ている者たちは大いに幻滅するだろう。

右巻きのつむじが妙に愛らしくてペシッと叩くと、芯夜はようやく笙から離れて大きな欠伸《あくび》をした。のそりとベッドから降り、覚束《おぼつか》ない足取りでフラフラと寝室を出て行く。

「朝食を用意してるから、顔を洗ってこいよ」

「んー」

返事のようなそうでないような声を漏《も》らして、芯夜はあちこちの壁にぶつかりながら洗面所へ消えていった。笙は彼を待つ間に朝食をテーブルに並べると、暇つぶしにポストに届いていた手紙を手に取った。

差出人は岡山にいる矢鳥の叔父からだ。ざっと読み終え、笙は複雑な気分で便せんを折った。長い足を組み、ぼんやりと外の景色を眺めていると、芯夜がノソノソと洗面所から出てきた。

「なに、ぼーっとしてんの？」

憂《うれ》いを帯びた笙の顔に気づいたのか、芯夜はテーブルの上に置かれた手紙に目をやった。

「なんの手紙？」

「実家からだよ」

「矢鳥家から？」

芯夜の表情が曇《くも》る。笙は実家と折り合いが悪く、そのせいでほとんど岡山には帰らない。たまに帰郷しても矢鳥家ではなく祇王家に入り浸るほどだ。そんな実家から珍しく手紙が来たとなれば、あまりいい予感はしないのだろう。

芯夜の心配を読み取り、笙は苦笑した。

「ただの法要の案内だよ」

「法要って……笙兄の母親の？」

「そう。十二月に母親の四回忌の法要をやるから、帰ってこいって書いてある」

一般的に四回忌はやらないものだが、矢鳥では独自の教義から当主を務めていた者の法要は七回忌まで毎年行うようになっている。前当主であった椿も例外ではなかった。

「……帰るのか？」

「うーん、そうだなぁ」

笙の母親、矢鳥椿《つばき》は三年前に亡くなっている。実家には葬式と一周忌のときに帰ったが、それ以来だ。思うところあって三回忌法要には顔を出さなかったので、今回は当主を務める叔父から早めに釘を刺されてしまったようだ。

「迷ってるんだよな……」

笙の母は、およそ母親らしくない人だった。現在は叔父が当主だが、生前は長子である母の椿が矢鳥家の当主だった。そのせいか威厳を保つことには長《た》けていたが、子育てには積極的ではなく、笙は半分放置されて育った。加えて母は笙を本当に息子と思っていたのかどうか疑うほど冷たかったのだ。子供が親と通る一連のイベントごとなど笙は経験したことがない。家にいても笑顔を見せず、笙を見る目はいつも厳しかった。だから、おのずと母を遠ざけるようになっていた。

芯夜のこともあり、ますます故郷に居づらくなった笙は、中学入学と同時に早々に家を出た。高校卒業まで寮で暮らし、岡山へはほとんど帰らずにひたすら勉学に打ち込んでいたおかげで、難関大学の大学院まで進む学力を身につけることができたのだから皮肉な話だ。

思えば、家を出て以来、矢鳥の家から身内らしい面倒を見てもらった記憶はあまりない。もちろん仕送りなどしてもらったこともなく、家を出てから笙は亡くなった父親の遺産で暮らしてきた。

父親と母親は笙が生まれてすぐに離婚していたので、成人するまでの遺産の管理は父方の祖父母がやってくれていた。こうやって東京でそこそこのマンションを借り、大学院まで進学するほど自由な生活が送れているのは、岡山で会社を経営していた亡き父のおかげだ。

できれば、このまま実家とは関わらずに生きていきたいが、さすがに母親の法要に今年も出ないのは親不孝なのかもしれない。

「別に行かなくても親不孝じゃないと思うけど？」

心を読んだようなことを芯夜が言うので、笙は驚いた。

そうだった。芯夜は『サトリの呪い』の神無雫《かんなしずく》以上の共感力と推察力の持ち主なのだ。

ぼんやりしているとすぐに心の内を暴かれてしまう。

「行きたくなければ行かなければいい。亡くなった人間を偲《しの》ぶ会のせいで、生きてる人間が辛い思いをするのは本末転倒だ」

「お前、身も蓋《ふた》もないな」

相変わらず率直で潔《いさぎよ》い芯夜を羨ましく感じていると、不意に玄関のチャイムが鳴った。こんな時間に誰だと一瞬思ったが、時刻は十時をとっくに過ぎている。来客があってもおかしい時間ではない。

笙がインターホンに出ると、マンション入り口のモニターにニヘラっとした顔の下僕刑事が映し出されていた。

「おはようさーん。ケーキ買ってきたで～。ちょっと、お茶でもしまへんか～？」

妙な猫撫《な》で声にわずかな不信感を抱きながら、笙はエントランスのオートロック付きドアを開けた。

「嫌な予感がする」

「だったら開けるなよ」

もっともなことを言われたが、下僕にはいつも世話になっている。にべもなく追い返すわけにはいかない。

せめぎ合う感情に揺れながら下僕のコーヒーを淹《い》れていると、玄関前のチャイムが鳴った。

「ケーキやで。ケーキ。芯夜君はモンブランが好きか？　それともショートケーキか？

芯夜君もお目が高いで。シンプルなショートケーキこそ店の真価が問われるっちゅうもんやからな。もちろん他の種類もぎょうさん買《こ》うてきたから選び放題やで。こりゃ、嬉《うれ》しいな～。なぁ～？」

ドアも開けないうちに聞いてもいないことを一人でベラベラと喋る下僕に、笙の嫌な予感は確信に変わった。芯夜がインターホンまで来て笙を押しのける。

「帰れ」

容赦《ようしゃ》なくそう言うと、下僕は悲痛な声で叫んだ。

「あ、芯夜君は甘いもん嫌いやった!? ごめーん!! 今度、寿司《すし》奢《おご》ったるからー!! お願い、開けてー!! 芯夜君ー！」

◇

嫌な予感が見事に的中し、二人はむっつりと黙り込んだ。

ケーキを持参してきた下僕から『鬼子母神連続失踪事件』のあらましを聞いたときはすぐに追い返してやろうかと思ったが、幼い女の子が行方不明と聞けばそれもできず、今三人はヒンヤリとした沈黙のときを過ごしていた。

あくまで友人として意見を聞きに来たと下僕は言い張るが、どう考えてもこれは参考人聴取だ。彼ら警察の思惑は笙でもわかるが、この事件が芯夜の奇跡の生還と繋《つな》がっているとはとうてい思えない。

二人の微妙な視線を全身に受け止めた下僕は、空気を一新するためか、お祓《はら》いでもするかのようにパンッ！　と手を打った。

「——それでや！　これが五年前に失踪した長田美音。現在は十一歳や」

テーブルの上にツインテールの少女の写真が置かれる。下僕は二人が何か文句を言う前にさっさと全容を話す算段にしたらしい。こういう強引なところは芯夜と負けていない。

写真の少女は、目がまん丸でドラマに出てくる子役のようにかわいらしい子だ。入学時に小学校の校門の前で母親と並んで撮っている写真だった。

「んで、これが四年前に失踪した成沢舞。現在十歳」

成沢舞はショートカットで、ボーイッシュな子だ。写真は小学校の入学式の集合写真を拡大したものだった。

「そんで最後に、この子が二年前に失踪した本永玲菜や。現在八歳やな」

髪が腰まである細身の少女が同年代の親戚と海で砂遊びをしている写真だ。メインはもう一人の子で玲菜は後ろに映り込んでいた。

芯夜は黙したまま少女たちの写真に目を落とした。隣に座る笙は芯夜の古傷が抉《えぐ》られるのではないかと気が気ではない。だが、彼は予想に反して真剣な眼差《まなざ》しで三人の写真を手に取った。

「——三人の共通点は失踪時の年齢と、同じ小学校に通っていたこと。そして鬼子母神神社での目撃情報ってことか……」

笙の心配をよそに、芯夜はこの事件に興味を引かれているようだ。

「で、三ヶ月前に帰ってきたのがこの成沢舞と、本永玲菜の二人だけ……。奇妙な事件だな」

芯夜は舞と玲菜の写真をしげしげと眺めた。下僕は安堵《あんど》したように神妙な顔つきで身を乗り出す。

「まぁ、最後に目撃された場所が鬼子母神神社の前ってだけで、実際の失踪場所ははっきりしとらんのやけどな。……それで、その……芯夜の事件と似とるんやないかって先輩が指摘するもんやから、なんかわかることあればなぁって、お宅をお訪ねしたしだいなんや」

後ろめたいのか、わざとらしく下手に出る下僕を気持ち悪そうに一瞥《いちべつ》して、芯夜は少女たちの写真を置いた。

「俺の鬼子母神とは違う」

「——？」

芯夜はフイッと顔を逸《そ》らした。

『鬼子母神』とは、安産と子育ての神として有名だが、元は毘沙門天《びしゃもんてん》の部下の妻で、自分の千人の子を育てるために人間の子を攫って食べていた鬼女だ。それを諌《いさ》めるために釈迦《しゃか》は彼女の末の子を攫って隠した。

　鬼女は嘆き悲しみ世界中を探して回ったが我が子は見つからず、泣く泣く釈迦に救いを求めた。そこで釈迦は、自分は千人もいる子の中の一人がいなくなっただけでも悲嘆にくれるのに、他人の子をとって食うのはどういう了見かと、その矛盾《むじゅん》と罪深さを説いた。悔い改めた鬼子母神に釈迦は末の子を返してやり、その後彼女は釈迦のもとで安産と子育ての神になったと言われている。

　かつて子供を攫って食っていた鬼子母神を祀《まつ》る神社の前で三人もの子供が消えたとなれば、怪異的な符合を感じざるを得ない。

「三人の子は鬼子母神が攫《さろ》うたんやと、ネットのオカルト好きがまことしやかな噂《うわさ》を流したりもしたんや。……消えた場所が場所やから、ほんまの神隠しやと信じとるもんもおる」

　下僕の言葉に、芯夜は一瞬口角を上げて鼻で笑った。

「――なら、なぜ成沢舞と本永玲菜だけが帰ってきたんだ？　鬼子母神は子をとって食う。返しはしない。子を返したのは釈迦だ」

　芯夜は未だに行方知れずの長田美音の写真を人差し指で叩いた。

「せやから、お釈迦様が返してくれたんかな～って……」

「本気か？」

「いや、まさか」

下僕は真顔で否定したが、このことが外に漏れればオカルト好きが似たようなことを言いだすのは時間の問題だ。それほど、この事件は奇妙なのだ。

「とりあえず、あんたがわざわざうちに来た理由はわかるが、俺の経験はなんの役にも立たない。記憶があるない以前に、俺とはまったく状況が違う」

「そうやろうな。俺もわかっとんねん」

下僕は持参したモンブランを箱から取り出し、フォークを入れた。

「せやけど藁《わら》にでも縋《すが》る思いでなぁ。こんな小さい子が自分で失踪するわけあらへんし、三人揃《そろ》って事故とも考えにくい。考えれば考えるほど誘拐《ゆうかい》の線が濃厚やろ？　とすれば、犯人はなんで急に二人を手放したんかっちゅう話や」

「……用なしになったか、子供が自力で逃げたか。……それとも、こちらが思いもよらない理由があるかだな」

「もしかしたら本当に人ならざるものの仕業《しわざ》かもしれへん……」

「天下の警視庁が怪異を推すのか？　世の中の事件を全て怪異のせいにすれば楽だろうな」

芯夜の皮肉は容赦がない。――と、不意に下僕のスマートフォンが鳴った。

「お？　安堂さんや。――はい、下僕ですー。安堂さん、ええところに。ちょうど甦りの生き神様んところにおるんですわ。安堂さんも何か聞きたいことがあったら……――はっ？」

明るく安堂と話していた下僕の顔が、みるみる険しくなった。

「なんっすか、それ！　ほんまですか？　──わ、わかりました。すぐに行きます！」

何事かと下僕に釘付けになっていると、彼はいったん電話を切った。

「なにかあったのか？」

笙が問うと、下僕は狐《きつね》につままれたような顔で言った。

「ようわからんけど、本永玲菜が二日前に再び失踪したそうなんや」

「はぁ？」

さすがに、笙はつい妙な声を上げてしまった。

「本永玲菜って……二年前に失踪して戻ってきた子だよな？　今八つの……」

「ああ、そうや」

「成沢舞は？」

「成沢舞は、ちゃんと自宅におるらしい」

「……なんだそれ」

笙と下僕は混乱の中に叩き込まれた。二年前に失踪し、三ヶ月前に帰ってきた子が、二日前に再び失踪した？　そんなことがあるのか。

「二日前ってなんだ。なんで今頃情報が入ってくる」

芯夜が険しい目で両腕を組んだ。

「親が警察に通報してきたのが今の今なんや」

「ずいぶん暢気《のんき》な親だな。ようやく帰ってきた我が子がまた行方不明になったんだぞ？　なのに、二日も放置してたっていうのか？　そもそも、最初の失踪のときも含めて警察は親をちゃんと捜査したのか？」

「親が子供の失踪に噛《か》んどる言うんか？」

「そこまでは言ってない。だが、どの事件でもまず身内を疑うのがお宅らのやり方だろ」

トゲを含んで言い捨てる芯夜に、下僕は「ちゃんと親は調べがついとる」と言い返した。

「二年前、本永玲菜が失踪したと思われる時刻には、両親とも仕事をしとった。アリバイはある。それは成沢舞も同じや」

「そうじゃない」

芯夜は本永玲菜の写真を指で滑らせ、下僕に突きつけた。

「当時、六歳のかわいい盛りの子供の写真が、なぜこれだけしかないんだ。これは明らかに一緒に遊んでる子をメインに撮られている。玲菜は偶然写っているだけだ。彼女メインの写真がなぜない？」

「そこは、俺は当時の担当やなかったからわからん。安堂さんに聞かんと」

「聞かなくてもわかる。この子の写真が家になかったから、他人から写真を借りてくるしかなかったんだ。小学校入学という子供や親にとっての一大イベントにも子供の写真を撮ってない。成沢舞のように、集合写真にも写ってないってことは入学式にも出席してなかったんじゃないのか？」

「芯夜」

芯夜は下僕を責める口調になっているのを自覚していない。笙が諫めると、芯夜は溜め息をついて椅子に背中を預けた。

「──お前の言いたいことはわかるで。虐待《ぎゃくたい》……またはそれに似たことを疑えっちゅうんやろ？」

「そこは、警察の判断だろ。だが、今回の失踪を二日も経《た》ってから通報してきたなら、親を厳しく問いただしてもいいはずだ」

「……そこは安堂さんもわかっとるはずや」

「……」

一瞬、沈黙が流れたが芯夜は自分の中で結論を出したらしい。

「この鬼子母神連続失踪事件、俺に話を持ってきたからには放っておけない。こちらも独自に調べさせてもらう」

「……それは」

「警察の邪魔はしないよ。あんたらはとりあえず再び失踪した本永玲菜の捜索に全力をあげてくれ」

「……どうするっちゅうんや」

「本永玲菜の親に俺が会うのは今は無理だろう。だったら、もう一人の生還者である成沢舞に会わせてほしい」

「成沢舞に？　それはどうやろうか……一般人に首を突っ込まれると……」

「その一般人に見当違いな伺《うかが》いをたてに来たのはどこのどいつだよ」

ズバッと言い返され、下僕はぐっと言葉を呑み込んだ。彼が助けを求めるように笙へ視線を移したが、ここは芯夜の言うとおりだと頷《うなず》くしかない。やる気になっているなら、下僕の許可がなくても芯夜は行動するだろう。

下僕も覚悟を決めたのか「わかった」と返事をして立ち上がった。

「とりあえず、成沢舞の親には俺が連絡を入れとくわ。会う会わんは向こうの自由や。せやけど、あんまり家族や本人を刺激するんやないで」

「わかった」

本当か？　と疑いながら、下僕は立ったままコーヒーを一口飲む。

「俺は今から本永玲菜の捜索に加わらなあかんから、なにかあったらちゃんと連絡するんやで」

そう言うと、下僕はすっかり刑事の顔つきになってマンションを出て行った。

芯夜は三人の写真を重ねて封筒に入れ、さりげなく腕の傷跡を撫でる。古傷だが、ふとしたときに痛むのだという。この失踪事件が彼の記憶の奥にあるトラウマを刺激してしまったのかもしれない。

笙は芯夜の腕をとり、優しくさすってやった。芯夜はじっと笙の手を見ていたが、やがてふと口を開いた。

「笙兄の歌が聴きたい」

脈絡もなくそう言われ、笙は目線を上げる。

「何を歌う？」

「笙兄の歌ならなんでもいい」

「それが一番難しいんだって」

不思議なことに、芯夜は笙の歌声を聞くと心が安まるのだという。自分の歌声にヒーリングの力があるとは思えないが、芯夜がそう言うのなら、プラシーボでも効果があるのだろう。

とりあえず有名なイギリス人歌手の歌を口ずさむと、芯夜はようやく表情を和《やわ》らげた。

3

翌日の午後、笙と芯夜は四年前に失踪し、三ヶ月前に戻ってきたと言われる成沢舞の自宅に赴いた。

　自宅は世田谷にある小さな一軒家で、比較的新築に近かった。周辺にマスコミが張り付くわけでもなく静かだ。

　下僕が言うには、長田美音の消息が未だ不明なため、二人の生還についてまだマスコミには流していないらしい。

　同じような経験をしている『甦りの生き神様』が娘に話を聞きに行くと告げると、母親はあっさり受け入れてくれたという。有名人に会えると喜んでいたらしいが、なんとも気が抜ける話だ。親なら子供を守るためにもっと警戒心を抱くべきではないのか。

「まぁ、よくいらっしゃいました」

　玄関先で母親の成沢和美《かずみ》が笑顔で出迎えてくれた。彼女はまだ二十代らしく、若々しく綺麗《きれい》に着飾っている。その足に絡みついているのは四、五歳くらいの女の子だ。はにかんだ笑顔がかわいらしい。舞の妹だろうか。

「舞ー。祇王さんたちがいらしたわよ」

　弾んだ母の声と共に二人がリビングに入ると、舞は座っていたソファから立ち上がり、ぺこりと頭を下げた。失踪時六歳だった舞は現在十歳だ。写真よりも成長し、顔つきも少し大人っぽくなっている。髪は背中まで伸び、ボーイッシュだった当時よりも女の子らしさが増していた。失踪中の栄養状態がよかったのか、平均的な体形で肌の色つやもいい。

「こんにちは、舞ちゃん」

笙が穏やかに話しかけると、舞は上目遣いに二人を見つめた。

「こんにちは」

か細い声で返され、笙は彼女を怯《おび》えさせないように笑みを浮かべた。

ソファに二人が座ると、紅茶を持ってきた母親が舞の肩を抱いて彼女の横に座った。べったりとくっついている母に舞の顔は微妙に強張《こわば》っている。妹がちょこんと母親の膝《ひざ》に座り、退屈そうに足をブラブラさせた。

リビングは幼い子供のおもちゃで溢《あふ》れていた。子供の写真もあちこちに飾られている。

——が、よく見ると妹のものばかりで舞の写真が一枚もない。

笙は不穏なものを感じとり嫌な気分になった。なんだろう。なぜかこの家は居心地が悪い。

「本当に光栄ですわ。まさか甦りの生き神様に会えるなんて。ね、舞ちゃん」

「う、うん……」

「まさか、四年も行方不明だったこの子が自分の足で家に帰ってきてくれるなんて思ってもいませんでした。鬼子母神様が私たちに子供をお返しくださったんだと夫婦でも話してるんです」

母親は一人で浮かれている。子供が帰ってきて嬉しいのはわかるが、なんだか場違いな浮かれ具合に思えた。

「この子も祇王さんみたいに生き神様になれるかしら？　そうなったら、光栄よね、舞ちゃん」

母親が舞の肩をますます強く抱き寄せる。舞はビクッと身体《からだ》を震わせて俯《うつむ》いた。

しかし、何を言っているのだ、この母親は。我が子を芯夜のように見世物にでもする気か。

「……舞ちゃんは、行方不明になってたときの記憶はまったくないんだよね？」

笙が尋《たず》ねると、舞は目を泳がせて頷いた。

「もう、本当に何も覚えてないらしくて。刑事さんたちの再三の聴取にも知らない、覚えてないの一点張りで……」

申しわけなさそうな顔で母親が答える。責められているように感じたのか、舞は母の言葉にぎこちなく頷くだけだ。すると、暇をもてあました妹がぐずりだした。母親が相手にしてくれないので、妹は拗《す》ねたように更に足をブラブラさせてテーブルに身を乗り出す。すると、足が激しくテーブルの端にあたり、カップやポットが倒れてしまった。

「――あっ！」

大人たちは無事だったが、ちょうどテーブルに手を伸ばしていた舞や妹の手に、まだ熱い紅茶がかかる。妹は火がついたように大声で泣き出した。

「大丈夫⁉　亜衣《あい》ちゃん！」

「うわああああん！」

母親は泣き喚《わめ》く妹を台所まで抱いていき、水道の蛇口《じゃぐち》をひねり手を冷やした。

「舞！　あんた、何ボヤボヤしてんの！　火傷《やけど》の薬があるでしょ、持ってきて！」

苛《いら》ついた母親に怒鳴られ、舞は弾かれたように立ち上がった。テレビ台の引き出しから塗り薬を取り出してキッチンに持っていくと、母親は舞を見もせずに布巾を渡し、倒れたカップ等を片付けるように言いつけた。

濡れたテーブルを黙って拭く舞の身体が震えている。見ていられず笙が声を掛けようとすると、先に芯夜が彼女の手を止めた。

「……手が痛い？　だったら早く冷やして」

舞はふるふると首を小さく横に振った。自分は大丈夫だと言っているようだが、紅茶がかかった手は赤く腫《は》れて痛々しい。

「もしかしてだけど、お腹《なか》も痛いんじゃないかな？」

芯夜は代わりにテーブルを拭きながら再び舞に問うた。彼女はビックリしたように目を丸くして顔を上げる。

「右の脇腹かな？　お兄ちゃんも痛いから、わかるよ。我慢しなくていい……」

笙はハッとした。芯夜は舞の身体の痛みに共感しているのだ。

芯夜は元々高い共感力と推察力を持ち合わせているが、共感痛だけは特に飛び抜けている気がする。これでは通りすがりの人物の痛みまで共感してしまうのではないのかと心配していると、芯夜が補足するように言った。

「この子が何度か脇腹を押さえてたからだよ。それで推察してみたら、うっかり痛みを受けとっただけ」

「そうなのか？」

想像しただけで芯夜は舞の痛みを感じ取ってしまったらしい。なんとも難儀なことだ。

「い、生き神様……私が悪いの。私がお母さんの言うことをちゃんと聞かなかったから」

舞はじわりと目を潤ませたが、ギュッと唇を結んで一生懸命涙を引っ込めた。

彼女の言葉は、母親が脇腹に危害を加えたことを示している。

笙は怒りを抑えて舞をキッチンへ連れていった。

「すみません。舞ちゃんも手に火傷をしてしまったみたいで」

そう言うと、母親はまるで今気づいたような顔をして、わざとらしく慌《あわ》てた。

「あ、ああ。そうだったの？　どうして言わないの舞ちゃん。ほら、早く冷やして」

泣きじゃくる妹を抱いて、母親はリビングへと戻っていく。笙は舞の手を水道水で冷やし、置いてあった塗り薬を塗ってやった。

「お母さんは君の本当のお母さん？」

こっそりと聞くと、舞は母親にばれないように小声で否定した。

「私の本当のお母さんは、五年前に病気で死んじゃったの」

「そうか……」

一連の出来事で、彼女がこの家でどんな扱いを受けているかだいたいわかった。母親の目に舞はまったく映っていない。きっと妹の方は自分の腹を痛めた子なのだろう。舞の実母が亡くなったのが五年前なら、妹の年齢が微妙に気になるが、そこまで家庭事情に踏み込むつもりはない。ただ、彼女の中心にいるのは常に我が子で、舞はおまけみたいなものだということはよくわかる。

母親は舞を精神的にも肉体的にも虐待しているのだ。だが、四年前の失踪事件に母親は関与していないはずだ。もし彼女が犯人なら警察が気づかないはずがない。

舞をリビングにつれて戻ると、芯夜がおもむろに立ち上がった。

「お母さん、申しわけありませんが俺たちはこれで失礼します」

「え？　まだ何もお話をしてませんけど」

「いえ、もう充分です。舞ちゃんの顔が見たかっただけですから」

「そ、そうですか？」

母親は戸惑いつつも妹を抱いたまま玄関まで送ってくれた。リビングの扉の向こうで、舞がじっとこちらに視線を送っている。

このまま彼女を置いて去るのは辛かったが、今はいったんこの場を離れるしかない。笙は彼女に手を振って成沢家を後にした。

「どう思う？　芯夜」

「虐待疑惑はゲボクに知らせるとして……。四年前の失踪についてだが、舞は記憶があるはずだ」

「え!?」

笙は仰天して芯夜を見た。

「あの子の表情や目を見ればわかる。この四年間のことを舞はしっかりと覚えている。だが、あえて黙ってるんだ」

「……」

芯夜に嘘《うそ》は通用しない。その彼がここまで断言するなら、舞の記憶があるのは事実なのだろう。だが、なぜ幼い子供が警察や両親に偽《いつわ》りの証言をする必要があるのだろうか。

「舞ちゃんはどうして嘘を？」

「さぁ？　よほど辛い記憶だから人に話したくないのか、もしくは……誰かを庇《かば》っているか、脅《おど》されて何も言えなくなっているか……」

「……」

あまりにも淡々と芯夜が可能性を並べるので、笙は真剣に考え込んでしまった。

もし、芯夜が舞のように記憶喪失を装っているのだとしたら、自分はどうするだろうか。ある意味記憶がないことは芯夜にとって救いでもあるのだ。もし、しっかりと覚えていて、誰にも言えない悪い記憶と戦っているのだとしたら、それは想像を絶する辛さだ。

「どうした？」

「あ、いや」

不穏なことを考えてしまい、筐は頭を振って嫌な思考を払う。

「……あー、じゃあ、二年前に失踪して帰ってきた本永玲菜も舞のように嘘をついていると？」

「……」

「本人に会ってみないことにはなんとも言えないが、可能性がないわけじゃない」

これは意外な展開だ。この連続失踪事件はややこしすぎる。

「とにかく、今度は彼女たちが最後に目撃された鬼子母神神社に行ってみたい」

「ああ、そうだな。ここから近いみたいだしすぐに着くだろう」

当時、三人の女児が通っていた名瀬《なせ》小学校の通学路にもなっていたらしいので、そんなに遠くはない。大人の足ならここから十分以内で着ける距離だ。

「行こう」

筐がさりげなく芯夜の右脇腹をさすると、芯夜はくすぐったそうに肩を揺らした。

「何やってんの？」

「何って痛いんだろ？　脇腹が腫れてるかもしれない。手も舞ちゃんたちから火傷の痛みを受け取ってないか？」

「手は大丈夫だけど……唐突だな」

「じゃあ、脇腹を見せてみろ」

「いやだよ、住宅街のド真ん中で何言ってんだ」

「はぁ？　いつもは自分から見せつけに来るだろうが」

「わかった、じゃあ全部脱ぐ」

「全部脱がなくていいんだよ！　それこそ通報されるぞ」

「あ、そう」

不満そうな芯夜の服をめくると、思ったとおり赤く腫れていた。

「早く引くといいな。……舞ちゃんは大丈夫かな？」

軽く芯夜の脇腹に触れながら、笙は舞を心配する。

「痛みはさほどじゃないから、舞は打ち身程度だと思う」

「そうなのか？」

脇腹を痛めているのだとしたら、棒か何かで叩かれでもしたのだろうか。

芯夜は黙って笙のしたいようにさせていたが、やがてポツリと呟《つぶや》いた。

「俺には笙兄がいるけど、成沢舞にはいないんだよな……」

「──」

思わず笙が顔を上げると、芯夜は微妙な笑みを浮かべた。

◇

件《くだん》の鬼子母神神社にはすぐに着いた。

住宅街の平地にひっそりと建っており静謐《せいひつ》な社《やしろ》だ。境内《けいだい》に神主は常駐していないが、掃除は隅々《すみずみ》まで行き届き清々《すがすが》しささえ感じる。だが、境内全体を囲う高い木々が気になった。外からの視界が遮《さえぎ》られているので、子供を攫おうと思えば簡単に実行できてしまうだろう。

鳥居を潜ったすぐ側《そば》に赤子を抱いた険しい顔の鬼子母神の像が立っている。牙を剥《む》き出し、眉は吊り上がり目はギョロリと赤子を睨《にら》んでいる。今にも腕の中の子を食らいそうな迫力だ。

向かいには穏やかな面《おもて》の鬼子母神像も立っていた。この鬼子母神は仏に諭され改心したあとの神だ。その表情は母性の塊《かたまり》で腕の中の子を限りなく慈《いつく》しんでいる。

なんとも対照的な二体の像だ。この二面性は鬼子母神ならではだろう。これらは神社の敷地外からでもしっかりと見える。夜中に知識のない者が鬼女の像を見たら悲鳴を上げてしまうかもしれない。

社の中は柔和な鬼子母神像が安置されていた。

二人はとりあえず社に手を合わせる。しばらく鬼子母神像を眺めていると、妙な気分になってきた。

この静かさはまるで異空間だ。

ありえないと思っていても、本当に鬼子母神が子供を攫ったのではないかという錯覚を起こしてしまう。

「もし、舞ちゃんたちを攫ったのが鬼子母神なら鬼女か神か……どっちなんだろうな」

「どっちでもない」

ばっさりと一蹴され、笙は肩をすくめた。と、背後から思いがけない声が掛かった。

「ここの鬼子母神様は、子供なんて攫いませんよ」

振り向くと、箒《ほうき》とちりとりを持った年配の女性が立っていた。女性は境内を掃除に来たのか、ゴミ袋にバケツまで持参している。

「私はね、四十手前まで子供ができなかったんですよ。だけど、この神社にお参りしたらすぐに子供を授かったんです。高齢出産だったけど、ありがたいことに無事に出産できましたよ。ここの御祭神は鬼女なんかじゃない。優しい神様です」

女性は不敬な青年二人に言い聞かせながら、せっせと境内を箒で掃きはじめた。

「ご近所の方ですか？」

「近所ってほど近くはないですけどね。子供を授かってから時折こうやってお掃除させていただいてるんです。他にも何人かそういう人がいるんですよ？　昔は近くに住む子供たちがよくここで遊んでたけど、あの事件があってからは誰も寄りつかなくなっちゃってね。通学路も変更になったみたいだし……。この神社であなたたちみたいな若い子を見たのは本当に久しぶり……」

だから声を掛けてきたのだろうか。女性は事件の余波で寂れてしまった神社に若い参拝客が来て嬉しかったのかもしれない。

笙は芯夜と顔を見合わせ、女性に近づいた。

「あの事件って、女児連続失踪事件のことですよね？」

「そうですよ。あの子……あー、なんて言ったっけかしら。五年前ほど前に行方不明になった子……」

女性は手を止めて、眉間《みけん》を押さえた。

「五年前っていうと、一番最初に失踪した長田美音ちゃんですか？」

「そうそう！　美音ちゃん。あの子もこの神社が好きでね。よく境内で遊んでたんですよ。ニコニコと笑うかわいらしい子だったわ。私も時折顔を合わせることがあったから、お菓子をあげたりしてね」

女性は懐かしむように目を伏せる。

「あの子がいなくなってから、お母さんはしょっちゅうこの神社に来て手を合わせてたわねぇ。まさか鬼子母神様が攫ったなんて思っていたわけじゃないでしょうけど、神様に頼めば子供が帰ってくるかもしれないと思ってたんじゃないかしら?」

「……」

縋るように祈りを捧げる母親の姿を思い浮かべたが、母親との縁が薄かった笙にはピンとこない。それを悲しく感じるのは、理想的な母性を求める人としての性《さが》なのか。

「一つ不躾《ぶしつけ》な質問をしてもいいですか?」

芯夜が笙の横を離れて女性に近づいた。

「長田美音ちゃん親子は仲が良かったですか?」

女性は何を聞かれているのか一瞬わからなかったようだが、芯夜の意図を理解したのか不快そうに眉を寄せた。

「もしかして、虐待みたいなことを疑ってるんですか? だったら、ないと思いますよ。あの二人は、母一人子一人で仲良く支え合って生きてたみたいだし、美音ちゃんの明るい笑顔を見れば、家庭に問題を抱えてるようには見えませんでしたからね」

「そうですか」

芯夜は顎《あご》に指を当てて考え込んだ。代わりに笙が詫《わ》びを入れると、女性は切なそうに社に目を向けた。

「かわいそうにね。結局お母さんは娘の無事を確かめることなく亡くなっちゃったんだから……。さぞ悔いが残ってるでしょうよ」

「え⁉」

これには笙も芯夜も驚いた。長田美音の母親が亡くなっているなんて聞いていなかったからだ。そういえば、下僕は本永玲菜の再失踪の連絡が入り、慌ただしくマンションを出て行った。持っている情報を全部こちらに渡していないのかもしれない。

「お母さんが亡くなったんですか？　いつ？」

「さぁ？　私は町内の者じゃないから、噂程度のことしか知らないですけど……。最近のはずですよ。半年も経ってない……。三ヶ月ぐらい前かしらね？」

「三ヶ月前？　死因はなんですか？」

「詳しいことは知らないけど……時折来る神主さんの話じゃ、病気を患《わずら》ってたとか」

芯夜の表情が神妙になった。

「美音ちゃんのお母さんはなんの仕事をしてたか知っていますか？」

「さぁ？」

「じゃあ、この辺にスーパーってありますか？」

脈絡もない問いを芯夜が投げたので、女性は面食らった。

「スーパー？　どこでもいいのかしら」

「……この辺に住む人が日常的に使用しているスーパーがいいです」

「——この辺の人が？　ああ、それなら駅前にスーパーがありますよ。食料品や日用品ならたいてい揃ってるんじゃないかしら？」

「そうですか。ありがとうございます」

芯夜は初めて女性に礼を言った。話に区切りがついたと思ったのか、女性は頭を下げて再び境内の掃除に精を出しはじめた。

芯夜に促《うなが》されて女性から離れ、二人は鳥居の側に戻る。

「スーパーは常連なら家庭環境がなんとなくわかるもんな。それを狙ってるのか？」

「地域密着のスーパーなら、長田母娘《おやこ》のことを覚えている店員がいるかもしれない」

「可能性はあるな」

「筮兄、本永玲菜と成沢舞が家へ帰ってきたのは、ちょうど三ヶ月前だ。長田美音の母親が亡くなったのもその頃。気にならないか？」

「そうだな……」

偶然にしては妙な符合だ。

「だが、おかしいな。本永玲菜と成沢舞には虐待の疑いがあるが、長田美音にはない。……とすると、虐待は共通点じゃないのか？」

独りごちる芯夜の助けになればと笙は話を整理した。

「二番目に失踪した成沢舞は、この神社の前が通学路だった。三番目に失踪した本永玲菜はこの神社の近くに住んでいる。長田美音はここが遊び場だ」

「ああ」

「この神社が事件のキーワードになってるのは間違いがないんだけどな」

「ああ」

芯夜はどこか上の空で、同じような返事を繰り返した。笙もはっきりとした答えを見つけられない。すると、芯夜が鬼子母神像に目をやった。

「あの像、好きじゃないな」

芯夜の発言の意図がわからず、笙は像を見る。

「……さっき見た成沢舞の継母《ままはは》みたいな顔をしてる」

「――お前」

言い過ぎだと注意しようとしたが、あながち間違ってもいない。あの像は舞の継母だけではなく笙の母親の椿にも似ていた。彼女は怒るといつもあんな形相をしていた。

精神的に追い詰められているときにあの像を見たら、子供ならフラッシュバックを起こしてしまうかもしれない。

「……」

ふと、芯夜が腕の傷跡を触りだした。

「芯夜？」

芯夜こそ、鬼子母神像でフラッシュバックを起こしているのではないだろうか。自覚があろうとなかろうと、深層心理に繋がる身体の痛みは正直だ。

「情報が足りない。全然情報が足りない。ゲボクめ！」

芯夜はブツブツ言いながら下僕に電話をかけるが、忙しいのか彼は出なかった。芯夜は舌打ちをして鳥居の外に出る。

「しかたがない。先にスーパーへ行こう」

「あ、ああ」

笙はスマホのマップアプリを開いた。駅前にあるスーパーというと、ここら辺では一つしかない。

マップのナビの通りスーパーに辿《たど》り着くと、芯夜は迷わず空いているレジに向かった。

「すみません、ちょっとお伺いしたいんですが。この女性はよくスーパーに来られますか？」

取り出したのは、長田美音と母親の真奈美《まなみ》の写真だった。若い店員は出し抜けに聞き込みのようなことを行われたので、戸惑いながら首を傾《かし》げた。

「さ、さぁ？　私ここで働いて日も浅いですし」

「だったら、長年ここで働いてる人を教えてもらえませんか？」

「え？　ええっと」

店員は周囲を見回して、野菜売り場で小松菜を並べている中年の女性を指さした。

「か、彼女なら覚えてるかも……十年以上ここで働いてるし……」

芯夜はサッとレジを離れてまっすぐに野菜売り場に向かった。笙は芯夜の代わりに礼を言い、後を追う。

「すみません」

小松菜を並べていた中年の店員は、不意に美青年二人組に話しかけられて目を瞬《またた》いた。芯夜の顔をまじまじと見て、なにかに気づいたのか「あっ」と声を上げる。

「あなた、甦りの生き神様!?」

「はい」

芯夜はわざとらしく厳《おごそ》かな笑みを浮かべた。女性は信心深いのか、場違いに手を合わせている。

芯夜は崇《あが》め奉《たてまつ》られることが嫌いなのだが、今は嫌な顔一つしていない。都合のいいときだけ積極的に生き神設定を利用するちゃっかりしたところもあるのだ。

「突然すみません。この女性に見覚えはありませんか？」

芯夜は先ほどと同じように長田親子の写真を女性に見せた。

生き神設定のときは態度も丁寧になる彼の器用さに笙は呆《あき》れる。

「ああ、長田先生ね」

女性は名前まで知っていたようで、何度も首を縦に振った。

「先生？」

女性が付けた敬称に、芯夜は上げていた口角を下げた。

「先生とはどういう意味ですか？」

「彼女は私の子供が通っていた小学校の保健室の先生だったんですよ。といっても、うちの子はもう六年も前に卒業しましたけどね」

「その小学校って……名瀬小学校ですか？」

「ええ。そうですよ」

芯夜は頭痛を覚えたのか、こめかみを指で押さえて小さく息を吐いた。

名瀬小学校は、長田美音も成沢舞も本永玲菜も通っていた小学校だ。まさか、一番目の失踪者の母親、長田真奈美が他の二人と接触できる立場にいたとは。さすがに予想外だった。

「その長田先生は、よくこのスーパーに？」

「ええ。週に一、二度は来られてましたよ」

「一人でですか？」

「そう、いつも一人でした」

「……」

芯夜は写真に目を落とした。長田家は母子家庭だ。家に置いておけないときは子供と一緒に来ることもあるはずだが。

「もしかして、美音ちゃんのことかしら？」

女性は子供の名前もしっかり覚えていた。長田家の近所に住んでいるのだろうか。

「美音ちゃんが行方不明になる前はよく一緒に来てたけどね。彼女が帰ってきてからは、外に出したくないのか、お母さん一人しか見かけてないわね」

「――っ！」

女性の何気ない言葉に、笙と芯夜は耳を疑った。今、彼女はなんと言った？

「帰ってきたって、美音ちゃんが家に帰ってきたんですか？」

あまりにも二人が驚愕《きょうがく》しているので、女性は気圧《けお》されたように顔を強張らせた。

「え？　ち、違うんですか？　美音ちゃんが失踪したってニュースで聞いて……その一年後くらいかしら？　お母さんが買い物で子供用のお菓子を買ってたから、ああ娘さんが無事に帰ってきたんだなって、勝手に思っていたんだけど」

「お菓子を？」

「ええ。明らかに小学生ぐらいの子が喜びそうなお菓子をたくさん……。女の子が好きそうな小さなおもちゃもいくつか買ってたかしら？」

「それは、しょっちゅうですか？」

「そうね。お菓子は必ず。ほら、おもちゃのアクセサリーがおまけで入ったチョコレートとか、キャラクターのスナック菓子とか。ああいうのは大人は好んで食べないでしょう？」

「……」

混乱する笙の横で、芯夜はわずかに唸《うな》った。

「ひょっとして、最近は二人分買ってませんでしたか？」

「ええ、ええ。いつも通りお菓子やおもちゃを買っていくのは同じなんだけど、最近では同じものを二つ買っていましたよ。購入する食品も増えてたし。変だなとは思ってたんですけどね」

「――芯夜」

「ああ」

笙は鳥肌が治まらなかった。彼女の証言は、とても重要なものではないのか。

「子供のものをたくさん買うのに、肝心《かんじん》の子供を見たことがないなんておかしな話だ」

「いろいろと見えてきたな」

女性に礼を言い、芯夜はスーパーから出ると再び下僕に電話をした。ようやく下僕が出ると、芯夜は笙にも聞こえるようにスピーカーにして一も二もなく噛みついた。

「あんたたちはいったい何をしてるんだ。ちゃんと仕事をしろ！」

『な、なんや、急に』

「すぐに、成沢舞に対する虐待を調べてくれ。あの子は継母から日常的に暴力を受けてる可能性がある」

『虐待？』

「気づいてなかったのか」

『っちゅうか、あそこの継母はえらく外面がええからな。虐待しとっても子供が訴えん限り気づかんで。それに虐待なら児童相談所に……』

「この、ぼんくら！」

『ぼ、ぼんくら……？』

絶句する下僕に、芯夜は息つく間もなく畳みかける。

「外から見えないところを傷つける虐待親なんていくらでもいるだろ！　それから、あんた長田美音の母親が名瀬小学校の養護教諭だとなぜ言わなかった。おかげでずいぶん遠回りをした」

『お前かてわかっとるやろ。そんな暇なかったし、こっちはお前らに捜査を頼んどるわけやない。それに、彼女のアリバイもちゃんと調べとるで。四年前も二年前もしっかりとしたアリバイがある。それに、今回の本永玲菜の再失踪にも無関係や。彼女は三ヶ月も前に亡くなっとるんやからな！』

「じゃあ、五年前は？」

『は？』

「五年前！　長田真奈美の娘が失踪したとき、彼女のアリバイはあったのか？」

『それは……』

下僕が口ごもる。どうやらアリバイははっきりとしていないらしい。

「もしかして、長田美音が鬼子母神神社で失踪したと証言をしたのは、母親の長田真奈美じゃないのか？」

『あ、ああ。神社に遊びに行くと言って家を出たあとに行方不明になった言うとったわ』

「じゃあ、その証言以外に、長田美音の目撃証言はないんだな？」

『ない。せやけど、彼女を疑うにしても証拠がないで。近所でも評判の仲良し親子やったしな』

「まったく、このぽんこつ！」

『ぽんこつって……』

再び絶句する下僕がさすがに気の毒になり、笙は芯夜の頭を叩く。笙の喝《かつ》に冷静になった芯夜は、声のトーンを一つ落とした。

「とにかく、すぐに学校の保健室に行ってくれ。再び失踪した本永玲菜は学校の保健室にいる可能性がある」

『はぁ？　どういうこっちゃ』

「いいから、早く行ってみてくれ。俺たちじゃ勝手に学校に入れない。あの子が失踪してからもう三日も経つんだ。これ以上長引くと危ない。理由はあとで話す」

『わ、わかった。今日は日曜やから人は少ないやろうし。もし保健室におるなら誰にも見つかっとらん可能性もあるわ』

「急いでくれ」

そう言って、芯夜は通話を切った。

「学校の保健室か……」

思わず笙が呟くと、芯夜は微《かす》かに眉を寄せた。

「笙兄……。俺が間違ってたよ。この鬼子母神連続失踪事件、やっぱり子供たちを攫ったのは鬼子母神だったんだ……」

「……」

彼の言葉の意味はわかっている。この一連の事件を起こした鬼子母神とは、すでにこの世にはいない長田真奈美のことなのだと。

失踪者全員と長田真奈美の接点があった場所は学校の保健室だ。ゆえに調べる価値は充分にあると芯夜は踏んだのだ。

ふと見ると、彼の顔に強い悲壮感が浮かんでいた。

――鬼子母神に攫われた……。

三年前、そう証言したときとまったく同じ表情だ。

目を離したとたん、芯夜がまたどこかへ消えてしまいそうで、笙はついその腕を掴みそうになった。だが、意外にも彼はしっかりと前を見据えて言った。

「俺たちは長田美音の家に行こう。もし保健室にいなかったら、本永玲菜は長田美音の家にいるかもしれない。彼女の家こそ、失踪者の痕跡《こんせき》が一番強く残ってる場所だろうから」

「……そうだな」

笙は伸ばしかけた手を引っ込めた。

芯夜は己《おのれ》の感情をコントロールする術《すべ》をちゃんと知っている。そこに笙の助けは必要ないように思えた。


下僕が言うには、長田家は早くに亡くなった美音の父親が建てた一軒家だそうだ。長田夫妻は天涯孤独で、今は住む者もなく空き家となっているらしい。

長田家に着いた二人は、思いもかけない者を目にして驚いた。なんと、先ほど会った成沢舞が長田家の玄関の前にうずくまっていたのだ。

「舞ちゃん!?」

笙が駆け寄ると、舞は虚《うつ》ろな表情で顔を上げた。

「甦りの生き神様？」

舞が芯夜を見て手を伸ばす。芯夜はその手を取って彼女を抱きしめた。

「長田先生に会いに来たのか？」

「……お母さんが鬼になったから、ここに来なきゃと思って……」

舞はずっとぼんやりしている。泣くこともなく、ただどうやって家に入ろうかとブツブツと模索していた。

「芯夜、これは……」

「催眠術みたいだな」

彼女の様子は催眠術に掛かった人間そのものだ。もしかして、本永玲菜が再失踪したときも、舞と同じようにここへ来たのではないだろうか。

笙は舞を芯夜に任せて庭へ足を踏み入れる。人気《ひとけ》がない家は物音一つせず、空気は重い。人が入れそうな場所は徹底的に調べてみたが、本永玲菜がいるような気配は感じられなかった。それに先ほどから気になっていたが、うっすらと嗅《か》いだこともない異臭がする。

知らず全身に鳥肌が立った。考えないようにしていたが、身体はその理由を理解しているようだ。

家の中が気になったが窓ガラスを割って入るわけにもいかないので、笙はいったん芯夜たちのもとに戻ることにした。

舞は目の焦点が合わず、芯夜の腕の中で「長田先生長田先生」と呟いている。

「笙兄、家の様子はどうだ？」

「庭に本永玲菜はいなかった」

「そうか」

「――芯夜、この臭い。まずくないか？」

「ああ。でも本永玲菜の可能性は低い。彼女はまだ失踪して間もない」

「そうだな……ということは――」

「……長田真奈美が亡くなってから三ヶ月。もう電気もガスも止まってるはずだ」

「――」

突如《とつじょ》、芯夜のスマホが鳴ったので、笙は不覚にも驚いてしまった。自分でも思った以上に緊張しているようだ。

「はい」

芯夜が舞を笙に渡してスマホを取ると、どこか安堵したような下僕の声が聞こえてきた。

『芯夜、お前の言う通りやったで。本永玲菜が名瀬小学校の保健室で倒れているのが見つかった』

「無事か？」

『ああ、危険な状態やけど息はある。今病院に運んどるところや。詳しい検査をしてみなわからんけど、この三日間なんも口にしとらんのやないやろか。幸い、水だけは学校の水道から飲めたかもしれんけど、衰弱は激しいみたいや』

「そうか」

『養護教諭が言うには、金曜日に保健室を出るときには誰もおらんかったみたいや。玲菜はその後に誰かに連れてこられたんちゃうやろうかって』

「違う。本永玲菜は自分の足でそこまで行ったんだ。その前は長田真奈美の家にいたはずだ」

『長田真奈美の家？　なんでや』

芯夜は間を置いて、一息に言った。

「とにかく、あんたはすぐに応援を呼んで一緒に長田家に来てくれ。今、成沢舞を保護している。――それと、残念だが長田美音の遺体がこの家の中にあるはずだ――」

『はぁ？』

ギョッとする下僕との通話を終え、芯夜は笙の腕の中で「お母さんが、お母さんが……」と呟いていている舞の頭を撫でた。

た。

「笙兄、歌ってやって」

笙は一瞬戸惑ったが、すぐに芯夜の思いを理解して、優しく口ずさんだ。

それは自分が小学生の頃に好きだった童謡だ。舞はようやく落ち着いたのか、瞳を閉じて身体の力を抜いた。やがて寝息が聞こえてきたので、二人は安堵して下僕の到着を待った。

4

「——お前の言うとおり長田美音の遺体は、自宅の半地下にあった大きな冷蔵庫の中から見つかったわ」

下僕刑事が二人のマンションを訪ねてきたのは、長田家に家宅捜査が入ってから三日後のことだった。

予想通り、美音はすでに亡くなっていたという。

長田真奈美が生きているときから、美音はずっとそこで眠っていたのだろう。しかし、真奈美の死後冷蔵庫の電気が止められたせいで腐敗が始まり、臭いが外に漏れだした。遅かれ早かれ、強くなる異臭に近所の住民が気づいて美音は見つかっていたはずだ。

「美音の遺体にはあちこちに打ち身みたいな跡があった。致命傷は頭の傷や。硬いところにぶつけて頭蓋骨《ずがいこつ》がやられて脳挫傷《のうざしょう》を起こしとった。詳しいことはもっと調べてみんとあかんけど、解剖医が言うには階段のような段差がいくつもある場所から転がり落ちたんやないかっちゅうことや。傷は全て死の直前についたもので、それ以前のものはほとんどないらしい。少なくとも、長田美音が日常的に虐待を受けとったような痕跡は見つからんかった」

下僕は滔々《とうとう》と続けた。

「美音が亡くなったのは事故か殺人かはわからん。せやけど、長田真奈美が失踪に見せかけて、娘の遺体を隠しとったんは事実や」

「事故だろ」

笙も芯夜も、殺人ではないように思えた。あるとしたら、母親がきっかけで起こった事故。これが一番しっくりくる。

「せやったら、なんで長田真奈美は素直に警察にそう言わんかったんや」

「それはわからない。保身もあっただろうが、綺麗な姿のままの我が子を側に置きたかったのかもしれない」

「……」

下僕は芯夜の要望通り長田家から見つけ出した催眠術の本などを持参してきていた。芯夜は長田家にあった催眠術の本を手に取り、パラパラとめくる。

「どうやら、長田真奈美は向上心のある人だったみたいだな」

「そうだな」

複数ある本は、いずれも催眠療法や催眠セラピーに関わる専門書ばかりだ。けっして、簡単に人を操れるなどとおもしろ半分にうたっているものではない。

「せやけど、俺はどうもわからんのや。たしかに本永玲菜や成沢舞が長いこと住んどった形跡があったけど、どうして長田真奈美は二人を攫ったんやろうか？」

「きっと、それは母性だ」

芯夜はパタンと本を閉じた。

「成沢舞も、本永玲菜も長田真奈美が攫ったんじゃない。彼女たちは自らの足で長田家に行ったんだ」

「どういうことや」

「きっかけは鬼子母神像だ」

芯夜はさりげなく腕の傷に触れた。

「きっと、長田真奈美は養護教諭を続けているうちに、家で虐待を受けている二人に気がついたんだ。年齢も長田美音が亡くなったときと同じ。あの子たちが今はいない我が子に重なって見えてもしかたがないだろ？」

「そやったら、すぐに児童相談所に」

「もう一度ぼんくら呼ばわりされたいのか？　この事件は母性が原因だと言っただろう。自分が親に虐待を受けていてもそれが虐待だと気づかない子もいる。特に幼い子はそうだ。他の家と違いがわからないから、親はみんなそうなのだと思ってしまう。たとえ、理不尽だと思っても、親に暴力を受けたことを隠そうとする子もいる。だから長田真奈美は行政を頼らず、自分の力で助けようと彼女たちに催眠療法を行ったんだ。――もし、次にお母さんが鬼みたいに怖くなったら、先生の家においで。先生が助けてあげる。とでも言って暗示をかけた」

「はぁ、なるほど」

「といっても、催眠療法は国家資格などないから、実際には療法士の腕による。効果もまちまち。彼女がそのあやふやな催眠術をかけたせいで、成沢舞も本永玲菜も母親が再び鬼になる前に、あの鳥居の恐ろしい鬼子母神像を見て怖い母親を思い出してしまった。そして暗示が発動し、神社から近い長田家に自らの足で赴いた。それが鬼子母神連続失踪事件の真相だ。長田真奈美が美音の失踪場所に鬼子母神神社の名前を出したのは偶然だろう。だが、その偶然がきっかけで、ありもしない連続神隠し事件が起きたことになってしまった」

「……偶然」

「怪異は人間にしか起こらない。偶然もまた、人が生み出してこそ偶然なんだ」

「……」

下僕はわかったようなわからないような微妙な顔をした。

「消えた子供たちは長田真奈美の保護のもと、しばらくは平穏に暮らしていたんだろう。しかし、真奈美の死によって、本永玲菜と成沢舞は自分の家に帰らざるをえなくなった。それが不可思議な帰還の理由だ。だが、自分に危害を加える母親たちは相変わらずだった……」

「そうか。あの子たちの暗示が完璧に解けていなかったから、母親に虐待を受けたとき暗示が発動して長田家に再び行ってしもうたっちゅうわけか」

「そう。それが再失踪の理由だ。特に本永玲菜はまだ幼く、暗示をかけられてから二年ほどしか経っていない。成沢舞よりもその効果は強く残っていたはずだ。だが、長田家に真奈美はいない。家に入ることもできない本永玲菜はしばらく庭にでもいたのかもしれないが、そのうちに気がついた。自分と長田真奈美が初めて会った場所なら長田先生がいるかもしれないと」

「せやから小学校の保健室に。……なるほどな、なんちゅうこっちゃ」

下僕は項垂《うなだ》れていたが、とうとうテーブルに突っ伏してしまった。

「なんか、お前の話を聞いとったら、もっと早くにこの事件を解決できたんやないかと思うわ」

「だから、ぼんくらなんだろ」

「しーんーや！」

追い打ちをかける芯夜を諌め、笙は本永玲菜の容態について下僕に尋ねた。

「ああ、命に別状はないみたいや。成沢舞も専門の先生に暗示を解いてもろうとる。二人とも一時児童相談所が保護しとるし安全や。もちろん、親の虐待についても厳しく調べるつもりや」

「なら、よかった」

胸を撫で下ろす笙の横で、芯夜の顔も少し柔らかくなった。いつも不遜《ふそん》な彼だが、弱い者にはとことん優しい。それを知っているから、笙も下僕も彼を憎めないのだ。

下僕は持参してきた催眠術の本をまとめて、のそりと腰を上げた。

「今回はほんまにお世話になりました」

殊勝に頭を下げ、下僕はトボトボとリビングを出て行く。笙が玄関のドアの前まで見送ると、下僕は「寿司のことやけど、給料日まで待ってや」と律儀なことを言って帰って行った。

笙がリビングに戻ると、芯夜は椅子に座ったまま伸びをしていた。

「なんか、今回は精神的に疲れた」

ココアでも入れてやろうと笙がキッチンに向かおうとすると、芯夜が腕を摑んで止めた。

「どうした？」

芯夜は無言で額《ひたい》を腕にすりつけてくる。

また構ってほしいモードに突入してしまったようだ。

このギャップを見たら、彼を生き神と崇め奉っている人々はどう思うだろう。いや、もしかしたら一番驚くのは下僕かもしれない。彼はいつも偉そうな芯夜にやり込められている。唯我独尊《ゆいがどくそん》の顔しか知らない下僕は、ときどき猫だったり犬だったり子供だったりする芯夜を見てひっくり返るかもしれない。

「笙兄、歌って」

「またか？　しょうがないな」

不思議だが、芯夜といるとなぜか母性のようなものを感じるときがある。まだ父性の方がいいだろうと自分でも呆れるが、この湧き上がる感情はやはり母性に近いのではないかと思うのだ。

椅子に腰掛けて適当に歌ってやると、芯夜はうつらうつらと目を閉じた。

「母性か……」

知らず、笙は呟く。

長田真奈美は強い母性によって事件を引き起こした。かと思えば、本永玲菜と成沢舞の母親は子に対して悪意を持ち虐待までする。同じ母という役割にあって、どうしてこうも違うのか。

（やっぱり母親ってよくわからない生き物だな……）

母、椿の生前最後の顔は、岡山を出て行く自分を見送る厳しい面だった。というより、ほとんどあの顔しか知らない。次に会ったとき、彼女は棺桶《かんおけ》の中だった。焼身自殺だったので、包帯だらけで死に顔を見ることさえできなかった。

自殺と聞いた際は信じられなかったが、その理由を聞いたとき、この人ならそれもあるかもしれないと妙に納得してしまったことを覚えている。

そんな自分は冷たい人間なのかと悩みもしたが、もう母はいない。自分は一生母という人間を心の重しにしたまま生きていくのだろうか。

眠りに落ちかけている芯夜の頭を撫でていると、ようやく悩みの答えが出てきたような気がした。

「芯夜、俺、岡山に帰るよ」

「ん？」

パチリと芯夜が目を開けた。顔を上げて笙を見つめるその表情は少し不安そうだ。

「……」

「母親の四回忌に行くことにした」

「時期は冬休みになると思う。お前はどうする？」

久しぶりに帰郷して祇王家の人々に顔を見せてくればいいと言うと、芯夜は首を横に振った。

「俺は帰らない。東京にいる」

断るにしても、もう少し考えるかと思ったが、芯夜の返事は早かった。彼が拒む理由がわからなかったが、そう言うなら無理強《じ》いするのもよくない。

「だったら、俺がいない間の食事の用意を考えないとな。料理音痴《おんち》のお前を放置してると餓死《がし》するかもしれない」

「笙兄、俺は赤ん坊じゃないし、ここは大都会東京だ。無人島じゃないんだから、出前もコンビニもなんでもある。一歩外に出れば飲食店だらけだよ」

本気で悩みはじめた笙に、芯夜は呆れて苦笑した。

第三話　火《か》前《ぜん》坊《ぼう》

1

ザクザクと白い地面を踏みしめ、矢鳥笙《やどりしょう》は浅い息を吐いた。

岡山県の南部は、冬になってもほとんど雪が降らないが、北部は大雪になる地域が多い。その北部の山間地方に位置する伏鬼村《ふしきむら》は、十二月の寒気に包まれ、すっかり雪景色だった。

積雪が多ければ車は難儀するので、在来線の電車を降りてからはずっと徒歩だ。久しぶりに見る村の風景は昔とまったく変わっていないが、田舎特有の閉塞感《へいそく》は消えていた。

昔はよそ者を寄せつけない空気が漂っていたが、祇王芯夜《ぎおうしんや》が『甦《よみがえ》りの生き神様』として奇跡の生還を果たしてからは、村人は村外の人間とも積極的に交流を持つようになっていた。それゆえ村の空気も開放的だ。もともと伏鬼村には人が好《よ》く朗《ほが》らかな人間が多い。一度よそ者に対するアレルギーをなくしてしまえば、馴染《なじ》むのは早いのだ。

優しい人間が多いのは、この村の長所だと笙は思う。十二年前のあの土砂災害の際も、笙を責める者は誰もいなかった。それどころか、村人総出で笙を労《いたわ》り、大事に扱ってくれた。それが子供心にどれほどありがたかったか、大人になった今だからこそよくわかる。

子供は村の皆で守る。ここにはそんな気風が今でも根付いている。笙はそんな村が大好きだった。そう、自分は別に伏鬼村自体が嫌いなのではない。特殊な環境にある矢鳥家に馴染めないだけなのだ。

　黙々と村内を歩いていると、商店から大きなレジ袋を持った少女が出てきた。笙が目線を上げると、少女はパッと顔を輝かせた。

「――笙兄さん！」

　髪の毛は黒々としたストレートボブで、艶《つや》のある頰《ほお》とパッチリとした二重の猫目が瑞々《みずみず》しい美少女だ。

　一瞬、誰だかわからなかったが、その笑顔には見覚えがあった。

「花梨《かりん》？」

「やっぱり笙兄さんじゃ！　――きゃっ！」

　少女は、道が雪で覆《おお》われているのも忘れてこちらに駆けてきた。当然足を滑らせて派手に尻餅《しりもち》をついたので、笙は大いに慌《あわ》てた。

「大丈夫か、花梨！」

　少女を助け起こすと、花梨は頰を赤くしてペロッと舌を出した。くるくると変わる表情が、まるでドジでかわいい子猫を彷彿《ほうふつ》とさせ、笙は噴き出してしまった。

「見ない間に大きくなったと驚いてたけど、やっぱりまだまだ子供だな」

「子供じゃないよ、来年の春からは高校生になるんじゃけ」

　花梨は笙の叔父の子供で、現在中学三年生だ。最後に会ったときはまだ小学生だったはずだ。あどけない子供だとばかり思っていたが、女の子は成長が早いのか、身長も伸び、見た目にも女性らしさが備わってきたように思える。

花梨に怪我がないことを確かめ、二人は共に歩き出す。重そうなレジ袋を持ってやると、花梨は嬉《うれ》しそうに笙の腕に自分の腕を絡めてきた。

「まさか笙兄さんが帰ってきてくれるとは思っとらんかったけぇ、ほんまに嬉しいわ」

花梨は昔から笙によく懐いていた。今でも帰郷するたびに大歓迎をしてくれるので、笙にとってもかわいい妹のような存在だ。

「あれ？　芯夜君は一緒じゃねぇん？」

「あいつは東京に残ってるよ」

当然の問いを投げられたのでそう返すと、花梨は小首を傾《かし》げた。

「ふーん。もうすぐお正月なんじゃけぇ、芯夜君もついでに里帰りすればええのにな。うちも久しぶりに会いたかったわ」

笙も花梨の言うとおりだと思ったが、芯夜が帰ると村人は『甦りの生き神様』を崇《あが》め奉《たてまつ》り、ちょっとした騒動になる。そうなると正月どころではなくなるので、芯夜には煩《わずら》わしいのかもしれない。

「芯夜も花梨に会いたがってたよ」

「嘘《うそ》ばっかり。芯夜君はそんな社交辞令は言わんもん。それに、うちのことなんか気にしとるはずないじゃろ」

「はは……」

芯夜の社交性のなさは付き合いの浅い花梨でさえ見透かせる。フォローはよけいだったかもしれない。

「それよりな、筮兄さん。うち、こないだ学校でうっかりしとってな――」

お喋《しゃべ》りが好きな花梨の笑い話を聞いているうちに、二人は村外れにある高校に辿《たど》り着いた。

矢鳥家は、この高校から坂道を十分ほど登った先にある。周囲には民家が一つもなく、森林に囲まれた静かな場所だ。

門構えは立派で敷地も広い。門から入った正面には大きな屋敷があり、左手にはなまこ壁の倉。右手には寺院に似せて造られた仏殿が建てられていた。仏殿と母屋《おもや》の間は庭園で隔てられており、裏庭は高級な鯉《こい》の泳ぐ池まである豪邸だ。

しかし、ただ広いだけでこの屋敷には昔から人の温もりがまったく感じられない。

「ただいまー」

花梨が元気よく屋敷に入ると、奥から花梨によく似た青年が出てきた。

「――なんじゃ、筮兄、帰ってきたんか。今回の法要もスルーするんか思うたわ」

開口一番皮肉をのたまったのは、花梨の兄、矢鳥伊吹《いぶき》だ。花梨は人懐っこい笑顔がよく似合うが、伊吹の纏《まと》う空気はどこか冷たい。歳《とし》は芯夜と同じ十九で、高校卒業後は大学へは行かずに村の役場に勤めている。

「一周忌のときはいろいろと忙しくて帰れなかったんだよ。お前にも迷惑かけて悪かったな。——でも、すっかり大人の男になってて驚いた」

あえて親戚のお兄さん面《づら》を作って接すると、伊吹は不愉快そうに顔を逸《そ》らした。

「仏殿で父さんたちが法要の準備をしとるけぇ、慎浄様に手を合わせるついでに挨拶《あいさつ》してきたらええ」

伊吹はそう言うと、踵《きびす》を返して奥へ引っ込んでしまった。

彼は昔から笙には全然懐いてこなかった。それは今でも同じらしい。

「笙兄さん、うちも仏殿へ行こうか？」

花梨は矢鳥の人間と笙の折り合いが悪いのを知っている。彼女なりに心配して言ってくれたのだろうが、さすがに中学生の女の子を盾《たて》にするわけにはいかない。

「ありがとう。でも俺一人で行くから大丈夫だよ」

「本当？」

「ああ」

安心させるように頭をグシャグシャに撫《な》でてやると、花梨は「子供扱いせんといて」と頬を膨らませた。

レジ袋を受け取って台所に向かう少女の背中には照れがあった。いつまでも小学生扱いしてはダメだなと反省し、笙は三年という時間の長さを改めて感じた。

矢鳥の屋敷と仏殿は廊橋《ろうきょう》で繋《つな》がっている。造りは一般的な寺院と一緒だが、けっして寺ではない。あくまでここは矢鳥の先祖を祀《まつ》る仏殿だ。

中庭を通る廊橋を渡り建物に入ると、男女三人の姿があった。

まじまじと視線を向けてくる三人に一礼し、笙はまず須弥壇《しゅみだん》に鎮座する僧侶《そうりょ》の像に手を合わせた。

よく磨き込まれているので比較的新しく見えるが、実はこの木像が造られてから二百年は経過している。

この僧侶は矢鳥家が本尊《ほんぞん》と崇める矢鳥慎浄《やどりしんじょう》だ。慎浄は江戸後期まで遡《さかのぼ》る先祖で、最も過酷とされる苦行『火定三昧《かじょうざんまい》』によって往生した人物だ。

『火定』とは、この世の罪科を背負い、生きながらに身を焼いて浄《じょう》土《ど》への往生を果たすことをいう。慎浄が往生して以来、矢鳥家は彼の像を本尊として代々崇め奉ってきた。ゆえに、本尊とこの仏殿は矢鳥の人間にとって何よりも大切な要《かなめ》であり、命をかけても守らねばならない家宝なのだ。

もっと詳しく言えば、かつて矢鳥家は祇王家の分家だったのだが、本家分家の枠組みから抜け出したのがこの慎浄だ。

祇王家と袂《たもと》を分かち、完全な独立を果たして以来、矢鳥家は慎浄が確立した独自の教義で宗教道を歩んでいる。といっても、祇王のように寺を構え教義を広めているわけではない。親族間でのみ守り伝えられている秘教だ。

ちなみに二百年前の確執が尾を引いているのか、村の中心である祇王と矢鳥はあまりよい関係ではない。そのため矢鳥家は村でもどこか浮いた存在だった。

「よくもまぁ、ケロッとした顔で帰ってきたもんじゃ」

笙の背中に悪態をついたのは、白髪の老人だ。名前は矢鳥榊《さかき》。現在六十七歳で、笙の祖父にあたる。先々代の矢鳥家の当主で、病弱のため早々に当主の座を笙の母である椿《つばき》に譲り隠居した。

昔から陰気な性格で、人の顔を見れば嫌味しか言わない。話をすると不快な思いしかしないので、笙も積極的に祖父と関わってこなかった。

「母親の一周忌にも帰ってこんで親不孝な子じゃ。椿は後の世まで矢鳥に語り継がれるべき尊い当主じゃったというのに、息子がこがいに薄情では浮かばれんわ」

「……」

母の椿は、矢鳥家の中においても特別に信心深い人だった。当主の座についてからはその熱が更に増し、生活の全てが信仰中心となっていた。その結果、彼女が選んだのが殉《じゅん》教《きょう》だ。――そう、母は矢鳥慎浄と同じく、その身を自ら焼く苦行『火定三昧』によって往生を果たしたのだ。

ガソリンを被《かぶ》って己《おのれ》の身体に火をつける。そんな極限ともいえる信心の境地に達した娘を、祖父は誰よりも誇りに思っている。なのに、孫は母を尊びもせずないがしろにさえする。よく思わないのも当然だ。

笙とて、もちろん母の死に何も思わないわけではない。無理やりにでも納得することができたのは、それが『火定三昧』だったからだ。

母は年がら年中仏殿に籠もり、常に本尊の矢鳥慎浄と向き合っていた。矢鳥慎浄に魅入られ、引きずられているかのようなその姿は、今思い返しても殉教を納得させてしまうだけの凄《すご》みがあった。

「おじいさん、柾《まさき》叔父さん、杏《あん》叔母さん、ただいま帰りました。長らくの不義理をお許しください」

笙は須弥壇に背を向け三人に向き直ると、深々と頭を下げた。厳しい目で笙を見据えているのは矢鳥の現当主、矢鳥柾だ。今年四十二歳になる彼は椿の弟で笙の叔父だ。椿亡き後は当主の座を継いでいる。

「……」

柾は口数こそ少ないが、そのギョロッとした目で全てを語る威厳があった。花梨や伊吹の父でもあるが、子供をかわいがっているところはあまり見たことがない。

伊吹の鋭い目つきは柾似だろう。花梨はどちらかというと今は亡き柾の伴侶《はんりょ》にそっくりだった。

「叔父さん、わざわざ手紙をありがとうございました」

「ああ。こうでもせんと、お前は帰ってこんじゃろうからな。毎年、母親の法要に息子が顔を見せんのは村の者に体裁が悪かろうが。都会に染まるのもええが、義理を欠けば人の道に反するっちゅうことを忘れたらいけん」

「——笙、矢鳥のことは知らん顔をしとるくせに、祇王の息子の面倒はよう見とるそうじゃの。あれは生き神様なんぞと呼ばれて、ええ気になっとるんじゃ。祇王には構うなといつも言うとるじゃろうが。お前は昔っからちっとも言うことを聞きゃあせん」

「——お父さん。笙は帰ってきたばかりなんじゃけぇ、説教はやめたげて」

悪態が止まらない祖父を、横でたしなめたのは叔母の杏だ。椿の妹だが、姉や兄とはかなり歳が離れており、今は三十二、三歳だろうか。笙とは八つほどしか年齢が離れていないので、感覚的には叔母というより姉といった方が近い。

椿とよく似た面立ちで、ハッとするほど美しい人だ。その白い肌と赤い唇は、雪の中で実を付ける南天《なんてん》のような艶《あで》やかさがある。背中で切り揃《そろ》えられた黒髪がいつも鮮やかな着物の上で揺れているので、髪の長い日本人形を彷彿とさせた。着物に不釣り合いのオパールの首飾りは、この三兄妹《きょうだい》の母の形見だ。生前は椿が身に着けていたが、亡くなった今は杏が受け継いでいる。

杏は未だに独身で矢鳥家を出て行く気配はない。早くに母を亡くした伊吹や花梨の母親代わりにもなっているので、彼らが一人前になるまではこの家に留まるつもりなのかもしれない。

「笙、今回はしばらくうちにおれるん？」

杏に尋《たず》ねられ、笙はわずかに首を横に振った。

「いえ、母さんの法要がすんだらすぐに東京に戻ります」

「そんなに早《はよ》う帰るんじゃな。花梨も寂しがるわ。正月も近いんじゃけぇ、三が日過ぎまでおればええのに」

「……」

残念そうな叔母に、笙は曖昧《あいまい》に笑った。

東京で芯夜が待っているからなどとは口が裂けても言えない。限度を知らない祖父の嫌味が連発されるのは目に見えているからだ。

矢鳥の人間が祇王家にあまり良い感情を持っていないのは、江戸期に袂を分かった因縁《いんねん》もあるのだろうが、本音は祇王家が村の中心として敬《うやま》われているのが気に入らないからだと笙は思っている。

自分たちは先祖の教義を守り、こうしてひっそりと生活をしているのに、あちらは村唯一の寺院として村人の尊敬や信心を集めている。その妬《ねた》みは根深いものだ。

「笙、姉さんの四回忌の法要は明後日じゃ。当日は忙しくなるじゃろうけぇ、今日はゆっくり休んだらええ。長旅じゃったろうからな」

杏に気遣われ、笙は笑みを浮かべた。杏は人当たりが良く三兄妹の中で一番接しやすい。この家で笙に優しいのはこの杏と花梨ぐらいだ。

「お心遣い、ありがとうございます」

再び三人に頭を下げると、祖父が鼻で笑った気がした。

小さく溜め息をつき、笙は立ち上がる。

帰郷したばかりだが早くも東京に帰りたくてしかたがない。ここにいると窒息《ちっそく》してしまいそうだ。

一人のびのびと模型と向き合っている芯夜の姿を想像しながら、笙はそっと仏殿を後にした。

2

矢鳥家にはすでに笙の部屋などない。客間で手持ちぶさたにしているのにも飽き、笙は台所を覗《のぞ》いた。

台所には割烹着《かっぽうぎ》を着た五十代くらいの女性と花梨が立っている。どうやら夕食の準備をしているようだ。明後日の法要に出す食材も山と積まれていた。

伏鬼村では、冠婚葬祭《かんこんそうさい》は未だに村人総出の助け合いで行われる。もちろん、式場は各々の自宅だ。当然客に出す大量の料理も各家で用意するので、家人は当日大忙しになる。そのため下準備はかかせないのだ。

「あら、笙さん、どうなさったんですか？」

花梨に料理を教えているのは、十五年近く矢鳥家に仕えているお手伝いの有川絹子《ありかわきぬこ》だ。県外出身の絹子は明るく面倒見がいい性格で、笙にも親切だ。とても料理上手で、特に彼女の作るお煮染めは絶品だった。

「ちょっと暇なので手伝えることがあればと思って」

「まぁまぁ、いいんですよ。そんなこと」

絹子は笑顔でやんわりと遠慮する。花梨も呆《あき》れたようにジャガイモの皮を剝《む》く手を止めた。

「絹子さんの言うとおりじゃで笙兄さん。疲れとるんじゃけ、今日は手伝いなんかせんでええんよ」

「でも……」

「少しはのんびりすることも覚えんと早死にするで。都会でせかせかしすぎとるんじゃねえん？」

「お前、言うようになったな」

まだ中学生の少女にもっともらしく説教され二の句が継げないでいると、見かねた絹子が助け船を出してくれた。

「笙さん。よければ、もうお風呂に入ってくださいな」

「風呂？　風呂は叔父さんたちのあとでいいよ」

「いいえ。今日の一番湯は笙さんにと杏さんから言われていますから」

「杏叔母さんが？」

「疲れてるだろうから、早く休ませてあげたいそうですよ」

「そう？」

杏らしい心遣いだ。

「笙さんが入られないと、旦那《だんな》様たちも入れませんから」

「……」

といってもまだ日没前だ。どうしようかと迷っていると、花梨が「そうじゃ！」と声を上げた。

「うち、裏庭で柚子《ゆず》を取ってくるわ。笙兄さん、お湯に入れて柚子湯にしたらええよ」

「そうですね。あさっての法要でもたくさん使いますし。花梨さん、お手数ですがお願いできますか？」

「はーい」

矢鳥の裏庭には四季折々の実がなる木が植えられている。冬には柚子が実り、柚子風呂にしたり料理にしたりと、よく活用されているのだ。

「笙兄さん、先にお風呂に入っとって。あとで柚子を持っていくけぇ」

花梨は笙の意見も聞かずに、楽しそうに台所から出て行った。

「じゃあ、お先に頂《いただ》くよ」

好意は素直に受け取ろうと考え、笙は風呂へと向かった。

矢鳥家の風呂は屋敷の奥にあり、裏庭に面している。脱衣所で服を脱ぎ風呂に入ると、檜《ひのき》の浴槽にお湯がなみなみと注がれていた。ちょっとした温泉宿の家族風呂にも匹敵する広さだ。居心地の悪い矢鳥家において、ここだけは昔から心安らげる場所だった。

洗い場で身体《からだ》を洗い、檜の香りがする湯に身体をしずめると、自然と深い息が漏《も》れた。

今頃、芯夜はどうしているだろうか。

笙がいないのをいいことに徹夜で模型と向き合っている可能性が高いが、もしかしたら、また妙な相談事を受けて解決しようと一人で奔走《ほんそう》しているかもしれない。

（どっちにしても心配だな……。あいつは自分を大事にするってことを知らないから）

ときどき笙は不思議に思うのだ。芯夜は口は悪いが困ってる人間をけっして見捨てない。そこまで他人に尽くす献身はいったいどこからくるのだろうかと。

（やっぱり、知りたいよな）

芯夜の前では絶対に口にしないが、あの土砂崩れから九年間、彼がどこにいて何をしていたのか、笙はずっと気になっている。できれば、ちゃんと知っておきたいが、真実を思い出すことが芯夜にとっていいこととは限らない。このジレンマは彼をとりまく全ての者が感じているはずだ。

そんなことをとりとめもなく考えていると、芯夜の声が聞こえた気がした。

『笙兄、歌って』

彼にそうせがまれることは嫌いではない。ダイレクトに自分が必要だと言われるよりも胸に響くのだ。

今はいない彼に答えるように思わず鼻歌を歌うと、浴槽の上にある窓をコンコンと叩く音が聞こえた。

窓を開けたが、なぜか誰もいない。いや、窓の下で花梨が膝《ひざ》をかがめて立っているではないか。笙の身体を見ないように気遣い、必死に下を向いている。

「笙兄さん。柚子を取ってきたで」

そう言って腕を伸ばし、花梨は籠に入った柚子を笙に差し出した。てっきり脱衣所にでも置いてくれるのかと思っていたが、まさか直《じか》に手渡しされるとは。

「お前、男の風呂を覗くなよ」

「の、覗いてねぇわ！　あんまり笙兄さんの歌がうまいから、つい聞き惚《ほ》れてしもうて……気づいたら窓を叩いとったんじゃ！」

「はいはい。ありがとう」

苦笑して柚子を受け取ると、花梨は下を向いたまま窓を閉めてしまった。

なんだろう……。反応が初《うぶ》でかわいすぎる。

花梨の赤くなった顔を思い出しながら柚子を水で洗い湯に浮かべると、酸味と爽快《そうかい》感のある香りが浴槽に広がった。優しい従妹《いとこ》に感謝して目を閉じたそのときだった――。

「きゃあああああああ！」

耳をつんざくようなけたたましい悲鳴が裏庭から響いた。

「――っ!?」

笙は驚いて立ち上がり、窓を開けた。

「花梨!?」

あれは間違いなく花梨の声だ。何事かと裏庭を見渡すと、少し離れた柚子の木の側《そば》で、花梨が腰を抜かして震えていた。その目の前に立つ者を目にしたとたん、笙は絶句して息を呑《の》んだ。

「なんだ……あれは……！」

花梨の前に立っているのは燃えさかる人間、火だるまの女だ。

ごうごうと全身を炎に包まれた異形の者は、今にも花梨に襲いかかろうとしている。

「いやあああああ！」

「花梨！」

あまりにも突飛で目を疑う光景に驚愕《きょうがく》しつつ、笙は風呂から飛び出した。

適当に服を着て花梨のもとへと走る。だが、風呂場から裏庭に出るには一度玄関を出なければならない。あまりにもその距離が遠くに感じて笙は焦った。

やっとの思いで裏庭に出ると、悲鳴を聞きつけた家人たちがすでに集まっていた。

「花梨、大丈夫か⁉」

兄の伊吹にしがみついて震えている花梨に声を掛けると、花梨は涙目で震えながら辛《かろ》うじて頷《うなず》いた。

「あの火だるまの人間はどこへ行った⁉」

花梨は激しく頭を振る。

「わからん、わからん！　一瞬、気を失っとったけぇ、わからん！　気づいたら消えとった！」

「消えた？」

笙は辺りを見回した。火だるまの人間が立っていた場所の木はうっすらと焦《こ》げ、葉に積もった雪は解けている。ということは炎は本物のはずだ。あんな身体中火だるまになっていたら、とてもじゃないがこの場から動けない。死体が転がっていてもおかしくないのに、消えたとはどういうことだ。

「誰も火だるまの人間を見てないのか⁉」

自分より先に駆けつけた者に問うたが、みな怪訝《けげん》な顔をするばかりだった。

「火だるまの人間とはどういうことじゃ」

祖父の榊が訝《いぶか》しむ。笙が風呂場で見たものを全て話すと榊は唸《うな》った。

「そんなことがありえるんか？　お前も花梨も幻《まぼろし》でも見たんじゃねぇんか」

「お、おじいちゃん！　絶対に幻じゃねぇよ……！　うちはこの目で見たんじゃ。あれは、椿伯母さんじゃった……！」

「──っ！」

「椿じゃと？」

花梨の言葉に、その場にいた者全てが絶句する。

彼女は三年も前に亡くなった当主の名を口にしたのだ。皆驚かないはずがない。

「椿が火だるまになって出てきた言うんか！」

問い詰める榊に、花梨はぎこちなく首肯した。

「あれは間違いなく椿伯母さんじゃった。椿伯母さんが火だるまになって化けて出たんじゃ！」

「花梨！」

喚《わめ》く花梨を伊吹が宥《なだ》める。

母が化けて出たと言われて呆然《ぼうぜん》とする笙の耳に、叔父の声が突き刺さった。

「『火前坊《かぜんぼう》』じゃ。……かわいそうな椿姉さんは、『火前坊』になってしもうたんじゃ――！」


『火前坊』

それは炎に包まれた坊主の姿をしており、火定三昧によって焼死した僧が妖怪化したものだと言われている。

かつて己《おのれ》が往生した神聖な場所を汚《けが》され怒り恨んで出てくるとも、儀式に反し現世に未練を残していたため極楽往生できずに彷徨《さまよ》って出てくるとも伝えられる。

そんな、空想上の妖怪がなぜ矢鳥家に現れるのだ。

「椿が火前坊になったなんぞと口が裂けても言うもんじゃねぇぞ」

怯《おび》える花梨を仏殿に連れていき、本尊に手を合わせたあと、祖父の榊が重苦しい口調で言った。

家人は皆うつむき、誰も返事をしない。

笙の母が命を賭《と》して行った火定三昧は、矢島の人間にとって誇り高く尊ばれる行為なのだ。その椿が往生を果たせず火だるまになって化けて出たなど、何があっても受け入れることはできない。

「我が子が、こがいに薄情もんなら、そりゃ椿伯母さんも化けて出るわ」

花梨の肩を抱いたまま、伊吹が吐き捨てる。

笙は言い返すことができなかった。確執があるとはいえ、たった一人の母だ。中学へ入学してから一度も顧《かえり》みることがなく、あろうことか一周忌にも顔を出さなかった。母が亡くなったとき、本来なら笙が葬儀の喪主《もしゅ》を務めるべきだったが、それもやらなかった。そんな息子がいるだろうか。

もちろん、現当主の叔父に遠慮したというのもあるが、正直気が乗らなかったのも事実だ。

「恨んで出るなら、俺のところに直接出ればいいだろ」

つい口から本音が漏れる。

正直、母に恨まれていないなどとは微塵《みじん》も思ってはいない。この世に霊魂《れいこん》というものが存在するなら、化けて出もするだろう。だが、なんの関係もない花梨を怯えさせる理由はどこにもない。

「そう言うても、お前もその目で見たんじゃろうが。姉さんの火前坊を」

叔父の言葉に、笙は無言で返した。

たしかに、この目で燃えさかる女を見た。それは覆《くつがえ》しようのない事実だ。だが、遠目だったため、母なのかそうでないのかまでは判断できなかった。

「みんな、笙兄さんを責めんでよ。私が椿伯母さんのような気がしただけの話なんじゃけ。今思うと、伯母さんかどうかもあやしいわ」

「じゃけど、お前はしっかり見とるんじゃろうが」

笙を庇《かば》う花梨に伊吹が強く問う。花梨は嘘がつけずに俯《うつむ》いた。

仏殿に漂う重たい沈黙を破ったのは叔母の杏だった。

「まぁ、ええ。ここで雁首《がんくび》揃えて考えとってもしょうがねぇじゃろう？　ちょうど法要があるんじゃ。椿姉さんの未練が晴れるように、みんなで念入りにご供養すればええ。特に笙、あんたはな」

笙は黙って了承する。

花梨は伊吹から離れ、杏に寄りかかった。

「杏叔母ちゃん。うち怖いけぇ、今日は一緒に寝てもええ？」

「ええよ。一緒に寝るなんて久しぶりじゃな」

慈愛に満ちた杏の眼差《まなざ》しに安堵《あんど》したのか、花梨はようやく笑みを見せた。抱き合う二人は本当に親子のようだった。

榊と柾は渋い顔でそんな二人を見守っている。

「お前も親不孝をしっかり反省せぇ」

祖父はそう言い捨て、仏殿を出て行った。笙は返す言葉もなくその背中を見送る。

家の者が全員いなくなったあと、笙は改めて本尊に向かって手を合わせた。

いったい、花梨や自分が見たものはなんだったのか。

本当に死傷者はいないのか。怪異あるいは見間違いということにされ、警察には連絡をしていないが、果たしてそれでいいのだろうか。

もしあれが本当に椿の火前坊だというなら、笙は母の成仏を心から願うしかなかった。

3

家人の重苦しい空気をはらんだまま、四回忌の法要の日は訪れた。

現当主の矢島柾を筆頭に、矢島家の面々が仏殿の本尊前に顔を連ねる。その後ろには親戚や村人が座り、本尊に手を合わせてくれていた。

村で行われる葬儀や法要は、芯夜の父である新永寺《しんえいじ》の住職に頼むのが常だが、矢鳥ではあえてそれをせず、当主が経を読み上げる。

僧侶ではないが、矢鳥家は独自の教義があるゆえに新永寺に頼むわけにはいかない。加えて、祇王家とは昔からの因縁がある。間違っても本尊である矢鳥慎浄の前に祇王家の当主を座らせたくはないのだ。

村人たちもそこは重々承知しているので誰も疑問を口にしない。矢鳥家があらゆる意味で村のしきたりや常識と外れているのは、ここでは当たり前のことだった。

当主の柾の朗々《ろうろう》とした経が止み、無事法要を終えた一同は客間に通される。そこにはたくさんの料理が用意されており、皆が飲食を共にしながら故人を偲《しの》ぶのが慣例だ。

杏や花梨は、お手伝いの絹子や助《すけ》っ人《と》に来てくれた村の女性たちと忙しく動き回っている。上座に座る当主の柾や祖父の榊を筆頭に、腰を下ろした男たちはほとんどその場から動かない。村内にはまだまだ男性優位が根付いているのだ。

食事が始まり、たわいもない会話を交わしながら酒を酌《く》み交わしていた人々は、ここぞとばかりに東京で優秀な大学院に通う笙に絡んできた。

「立派になったな笙ちゃん、そろそろ嫁さんをもろうたらどうじゃ」

「嫁のあてがないなら、うちの佳織《かおり》をもろうてくれや」

「なに言うとうんなら、笙ちゃんはまだ学生じゃがな。それに生き神様のお世話でそれどころじゃねぇわ」

「ははは。それもそうじゃな。笙ちゃんにはうちらの生き神様を大事に守ってもらわにゃ」

すっかり出来上がっている村の男たちに手を合わせて拝まれ、笙は愛想笑いを顔に貼り付かせた。

榊も柾も偉そうにふんぞり返っているので、客人への酌《しゃく》は伊吹と笙の役割となっている。酒が入った村人がうざ絡みをするのはいつものことなので、軽く受け流すのが一番だ。

「伊吹……」

笙は黙々と酌をしている伊吹にそっと声を掛けた。

「酒が切れたから、台所でもらってくる」

従弟が頷くのを見て、笙が立ち上がったそのときだった。

「ぎゃあああああ!!」

廊下から女性の悲鳴が響いた。同時に、何かが割れる音がする。客間で騒いでいた男たちの動きが一瞬止まった。

何事かと皆で顔を見合わせた刹那《せつな》、パンっと障子《しょうじ》の戸が開き、信じられないものが入ってきた。

人々は目の前で起こっていることが理解できず、しんっと静まり返る。コトンと誰かがお猪口《ちょこ》を落とした瞬間、人々は一斉に悲鳴を上げた。

「うわあああ!!」

「な、なんじゃありゃあ！」

「燃えとる！　人が燃えとるぞ！」

彼らの目に映るのは、燃えさかる炎だ。着物を着た女が上半身を炎に包まれ、ニタリと笑んだ。

「ば、化けもんじゃ、化けもんじゃあー!!」

「早う逃げろ！」

「どけ!!　邪魔じゃ！」

一人が逃げ出したのをきっかけに、人々は我先にと客間を飛び出していった。

笙と伊吹はその場から一歩も動けなかった。

長い髪を緩い三つ編みにして一つに束ね、赤い牡丹《ぼたん》を散らした黒地の着物。吊り上がった眉がその大きな瞳を常に厳しく見せ、真一文字に結んだ薄い唇の端は滅多に上がることはない。

先日の風呂場では、その顔をはっきりと認識することができなかったが、今この距離ならわかる。この火だるまの女は間違いなく母だ。前当主、矢鳥椿その人だ。

『う……ううう』

椿は唸り声を上げて、一歩一歩部屋の奥へ入ってくる。火だるまが前を通り過ぎると、皮膚《ひふ》が焼けるような熱さを感じた。顔を腕で覆い後ずさる笙や伊吹に目もくれず、椿はまっすぐに榊と柾へと近づいていく。二人は慄《おのの》いて立ち上がるだけで精いっぱいのようだ。

「つ、椿！　お前、ほんまに火前坊になってしもうたんか！」

祖父が怯えつつ叫ぶ。そんな祖父を庇うように、柾が片手を突き出して椿に近づいた。

「つ、椿姉さん。どがんしたんなら。なにか悔いでもあるんか？　あるならわしらができるだけのことはするけぇ。どうか成仏し……」

——瞬間、信じられないことが起こった。

椿が、あろうことか柾に抱きついたのだ。

「ぎゃあああああああ！」

あっという間に身体中を紅蓮《ぐれん》の炎に包まれ、柾は暴れ回る。

「叔父さん！」

「熱い、熱いー！」

「叔父さん、転がって!!」

柾の地獄《じごく》のような悲鳴に弾かれるように、笙は着ていた服を脱いで火を消そうと叔父の身体を必死に叩いた。

だが、すでに全身に回っている火を消すことは簡単ではなかった。

「柾、柾ー！」

祖父は腰を抜かして震えながら我が子の名を呼び続けている。

「父さん！」

伊吹が燃えさかる叔父に飛びつこうとしたので、笙は必死に止めた。

「誰か消火器を！　このままじゃ屋敷ごと燃える!!」

ややあってお手伝いの有川絹子が家に常備していた消火器を手に飛び込んできた。笙は柾に向かって無我夢中で消火器を噴きかける。なんとか火は消えたが、叔父は焼けただれた身体を上向きにして倒れたままピクリとも動かない。

「きゃあああ！　父さん!!」

騒ぎを聞きつけた花梨が、客間の惨状《さんじょう》を目にして絶叫した。

「父さん、父さん!!」

父親の惨《むご》い姿を見せたくなくて、笙は花梨を後ろから抱き込んでその目を覆う。

「誰か、救急車を！」

笙は叫んだが、すでに手遅れだとわかっていた。

「つ、椿……椿が火前坊に……そんなバカな」

祖父が呆然としながら、ブツブツと何ごとか口走っている。そのとき、笙はようやく気がついた。いつの間にか火だるまの母の姿が消えていることに。

「いったい、どういうことだ……」

母の火前坊は実在した。そして、あろうことか叔父を焼き殺した。

混乱する状況に、笙は泣きじゃくる花梨を抱きしめることしかできなかった。


村人の報を受けて、警察官が矢鳥家に駆けつけたのは十五分くらいしてからだった。

村の駐在所長年勤める梨山《なしやま》は、矢鳥家当主の惨い死体に顔を歪めた。

「火前坊？　そりゃ妖怪の類《たぐい》ですかな。皆さん本気で言うとるんですか？」

当然、家族全員疑わしい目で見られたが、誰も嘘はついていない。火だるまの椿の姿は矢鳥家の者だけではなく、この場にいた村人のほとんどが見ている。

「疑うなら矢鳥の人間以外のもんにも聞いてみてください」

力ない声で伊吹が言う。花梨は叔母の杏に縋《すが》ってずっと泣いていた。

梨山は顎《あご》を撫でながら大きく溜め息をついた。

「ほんまに炎に包まれとった女は椿さんじゃったんかいな？」

「間違いありません……」

笙は確信を持って証言した。いくら炎の中でも母親の顔を見間違えるはずはない。あれはまさに矢鳥椿だった。

「妙なこともあるもんですなぁ」

梨山はポリポリと頭を掻《か》いた。

「とりあえず、柾さんのご遺体は管轄《かんかつ》の署で司法解剖させてもらうとして……村人にも一人ずつ事情を聞いてみますわ」

「……お願いします」

笙が頭を下げると、梨山はジロリとこちらを見た。

「笙ちゃん、この屋敷におったもんはみんな捜査対象になるんじゃ。悪いけど東京には戻らず、しばらくこの村におってもらえんじゃろうか？」

一瞬、芯夜の顔が頭によぎったが、ことがことだけに断るわけにもいかない。素直に了承すると、梨山は「皆、客間から出て行くように」と指示を出した。

孫たちで祖父を支えて出て行くと、梨山は誰も客間には入らないようにきつく言い置いて矢鳥家を後にした。この村に駐在している警察官は彼一人だ。応援が来るまでは人手が足りないので、しかたがない処置だ。

「とんでもないことになってしもうた……」

杏が呟《つぶや》く。花梨は不安そうに叔母を見上げた。

「杏叔母ちゃん、これからうちらはどうなるん？」

「……大丈夫じゃ。花梨と伊吹には叔母ちゃんがおる。お父さんが亡《の》うなっても、ちゃん

を逸らす。

杏の手がさりげなく腹部をさする。帯が苦しいのかと思い目をやると、彼女の着物の袖《そで》がわずかに上がった。腕に巻かれた厚い包帯が覗いていることに気がつき、笙はそっと目を逸らす。

（まだ包帯を巻いているのか）

杏は十代の頃に事故に遭《あ》い、両腕に大きな傷を負っている。

傷は治っているらしいが、その跡があまりにも見苦しいのでずっと包帯で隠していると言っていた。この年齢になっても、そのコンプレックスは消えていないらしい。

ぼんやりと花梨と杏を見ていると、不意に笙のスマホが鳴った。液晶を見ると芯夜からだった。

明日には帰る予定だったが、それが叶わなくなったことを告げなければいけないのでちょうどいい。

皆から離れて屋敷の外で電話に出ると、神妙な芯夜の声が聞こえた。

『笙兄、大丈夫か？』

「ん？」

『矢鳥の話を聞いた。大変だったな』

芯夜は矢鳥家で起こった事件を知っているようだ。きっと村の者から祇王家に伝わり、それがそのまま芯夜の耳に入ったのだろう。

「俺は大丈夫だ。だけど、柾叔父さんが……」

『亡くなったのか……？』

笙の声音《こわね》でわかるのか、相変わらず芯夜は察しがいい。

なんだろう。たった二、三日離れていただけなのに、芯夜の声がとても懐かしい。

「芯夜。……母さんが化けて出た……」

『椿さんが？』

「母さんの霊が火だるまで出てきて……家の者がみんな言うんだ。母さんが俺のせいで火前坊になったって」

『そんな妖怪が本当にいるわけないだろ』

予想通り、芯夜はサラリと一蹴した。

「まぁ、お前はそう言うだろうと思ったよ。だけど、俺もこの目で見たんだ。あれはまさに母さんだった……。それに、今回だけじゃない。俺が矢鳥に帰った当日にも同じものが現れてるんだ」

『同じもの？　椿さんの火前坊か？』

「ああ。花梨が火だるまの人間に襲われかけた……。芯夜、俺の見たものが間違ってるのか？　火前坊じゃないとしたら、あれはなんなんだ？」

『……』

つい縋るような声になってしまい、笙はハッと我に返った。

久しぶりに芯夜の声を聞いたら緊張の糸が切れてしまったらしい。笙はこうなって初めて自分が心身ともに疲弊していたことに気がついた。

「と、とにかく、柾叔父さんの葬儀もあるだろうし、警察からも村を出るなと言われてるから、しばらくそっちには帰れそうにない。ごめんな」

『なんで謝るんだ。俺のことは気にしなくていい』

「寂しいかもしれないけど、もう少し我慢してくれ。模型作りはほどほどにして、夜はちゃんと寝て、ご飯を食べるんだぞ」

『……』

いつもなら、俺は大人だと文句を言いそうだが、電話の向こうからそんな言葉は返ってこなかった。

ただ一言だけ『気をつけて』と聞こえたので、笙は目を細める。

「大丈夫だよ。俺には生き神様がついてるんだから」

安心させるために冗談を口にすると、芯夜は『ああ、ちゃんとついてるよ』と答えてくれた。本気で頼もしく感じ、笙は微《かす》かに口角を上げて電話を切る。

「――笙兄さん？」

寂しかったのか、自分を探して花梨が家から出てきたので、笙は芯夜の代わりについ彼女の頭をグリグリと撫でた。

嫌がらないのをいいことに、笙はいたずらっ子のような笑みで花梨の頬を軽くつねる。

「もう、なにするん兄さん？　こんなところにおったら寒いじゃろ？　早う、中に入ろう」

少しだが花梨に笑顔が戻った。笙は安堵して彼女の肩を抱いて家の中に戻る。

このまま矢鳥を放置して帰るわけにはいかない。特に花梨はまだ中学生で守るべき対象だ。この謎が解明するまでは、彼女の側にいてやりたいと思った。それが母の火前坊を生み出してしまった自分にできる唯一のことなのだから。

4

事件から三日後、笙は矢鳥家の墓へ向かった。

雪がしんしんと降り、差した傘もすぐに白くなる。小高い丘にある墓まで行くには長い階段を登っていかねばならず、足を滑らせれば階下まで転がり落ちる危険性があった。

雪の上には二人分の足跡がある。どうやら先客がいるらしい。

階段を登り切ると、先祖代々の墓の前に祖父の榊と叔母の杏がいた。二人が手を合わせているのは椿の墓だ。

どうやら、皆考えることは一緒らしい。

「笙」

杏が笙に気づいて立ち上がった。榊もチラリとこちらを見る。

「墓参りなんぞで椿の恨みが晴れると思うとるんか」

榊の笙に対する嫌味は相変わらずだ。祖父はあくまでも笙が椿を火前坊にしたと思っているので更にあたりがキツい。

笙は祖父を無視して、母が好きだった日本酒を墓前に供えた。思えば墓参りも三年ぶりだ。無言で手を合わせると、榊が忌々《いまいま》しげに舌打ちをした。

「お前はうちの疫病神《やくびょうがみ》じゃ」

「お父さん！」

さすがに言いすぎだと、杏が父親をたしなめる。

「こんなときに家の者で争うとる場合じゃないじゃろ。柾兄さんが亡くなった今は矢鳥家が一丸とならにゃ、この村でやっていけれんで」

まったくその通りだ。笙は立ち上がって二人を振り向いた。

「次の当主は伊吹に？」

当主だった叔父が亡くなったのなら、伊吹が新しい当主の座につくのが筋だと思ったのだが、杏は緩く首を横に振った。

「これからは、うちが当主を務める」

「杏叔母さんが?」

「そうじゃ。伊吹はまだ二十歳《はたち》にもなってない未熟者じゃしな……。もう少し歳を取ってからでも遅うない。それまでうちが矢鳥を守っていくわ」

「……」

杏の決意に、笙は三年前のことを思い出した。

母が亡くなったとき、当然笙が次期当主に推されるかと思っていたが、それはなかった。叔父と祖父が「笙では務まらん」と強く否定したからだ。もちろん、なれと言われたら全力で断るつもりでいたが、あまりにもあっけなく自分が排除されたので拍子抜けしたくらいだ。

だが、伊吹の場合は笙とは違うらしい。伊吹はいずれ当主になると決まっていて、叔母は繋ぎだという。杏も重荷だろうに、それを当たり前のように請け負えるのは矢鳥の人間として芯を持って生きてきたからなのだろう。

母を含め、この三兄妹はお互いがお互いを補い合い、うまく矢鳥の支柱となっている。

祖父は肩に雪を受けながら改めて杏を見据えた。

「とにかく杏、椿の火前坊は見間違いじゃと村のもんによう言うて聞かせないかんぞ。このもんは迷信深いからの。やれ呪いじゃや、祟《たた》りじゃと騒ぎかねん」

「お父さん、それは無理じゃわ。何十人という村人が椿姉さんを見とるんよ？　それに、もう村中で矢鳥家は呪われとるいうて噂《うわさ》の的じゃしな」

榊は忌々しげに足元の雪を踏みしめた。

「なして、こがぁなことになったんじゃ。祇王は生き神を出し、矢鳥は化けもんを出したとなりゃ、あの偉そうにふんぞり返っとる寺と差がつくばかりじゃ」

祖父は差がつくと言うが、矢鳥と祇王ではとっくに天と地ほどの差がある。今さら張り合おうなどと思う方が厚顔無恥なのだ。

杏と共に笙が微妙な顔をしていると、階段の下から祖父を呼ぶ声が聞こえた。

墓地の上から見下ろすと、駐在所の梨山が雪で覆われた階段を恐る恐る上がってくるではないか。

「いやぁ、どうもどうも。家へ伺《うかが》ったら、ご隠居さんも杏さんもここじゃあ言われましてな」

梨山はひょこひょこ歩きで三人に近づいてきた。こんなところまで会いに来たということは、柾の事件に進展があったのだろうか。

「とりあえず、柾さんの司法解剖が終わりましたけぇ、ご報告をと思いまして」

「結果はどうだったんですか？」

笙が問うと、梨山は奇妙に唇を曲げた。

「死因は焼死で間違いないですわ。他に致命傷になるような外傷や毒物を飲んだ形跡はなかったそうです」

「そうですか」

「じゃけど問題は、柾さんがどうして焼死してしもうたかですな。もしこれが殺人事件なら、身体に火を付けられたっちゅうことになるんじゃろうけど、目撃者の誰に聞いても、柾さんに火をつけたんは火だるまの椿さんじゃ言うばかりでなぁ」

それはそうだろう。そうとしか言いようがない。あの場にいた者は誰も柾に一切触れていない。直接触れたのは椿の火前坊だけだ。

「三年も前に亡くなった人間が殺したなんて、調書には書けんでしょう?」

梨山はとりあえず椿の墓に手を合わせる。

「とすると、柾さんが自ら身体に火をつけたか、もしくは人体自然発火かですな」

「人体自然発火?」

梨山は半ば冗談で言ったのだろうが、海外では人体が自然に発火して亡くなった例はいくつかある。アルコールの大量摂取や人体蠟燭《ろうそく》化などいろんな説が検証されているが、原因はいずれもはっきりとはしていない。だが、少なくとも『火前坊に殺された』よりは現実的な話かもしれない。

「とにかく、まだ捜査は続けますんで。今日はとりあえずのご報告です。ご遺体はもう少しだけ預からせてもらうことになりますけど、ええですかな？」

「はい。早う兄を安らかに眠らせてあげたいんですが、しかたがないですね」

「とりあえず、杏さんには一度署に来てもろうて――」

梨山は柾の遺体の扱いについて詳しく話していたが、ふと思い出したように榊を見た。

「そういえば、これは事件とは関係ないと思うんですけどな。……柾さんの両腕にはしっかりと包帯が巻かれとったんですわ。そのおかげか腕の一部が焼け残っとりまして。その包帯の下にかなり古い切り傷がたくさんあったようなんです。ご隠居はなにか心当たりがありますかな？」

「――古い切り傷？」

つい、笙は榊を差し置いて尋ねてしまった。榊は苦々しい顔で目線を下げる。

「そうです。リストカットというんですかな？　こうナイフのような鋭い刃物で、手首から肘《ひじ》の辺りまで何度も何度も切り刻んどるんですわ。もう何十年も前についた傷じゃ思いますけど……柾さんには若い頃に自傷行為がありましたかな？」

「そんなもんない！」

榊が怒ったように吐き捨てた。

笙は寒気を感じて身体を震わせた。榊が包帯をしていたことに笙は気づかなかった。夏でも長袖を着込み、腕をけっして見せなかったからだ。だが、腕の切り傷なら嫌というほど見覚えがある。

祇王芯夜の腕の傷だ。あの痛々しい傷と同じようなものが叔父の柾にもついていたというのか。

（それに、包帯って……）

奇妙な一致に、つい杏を見る。杏はとっさに着物の袖を押さえた。明らかに梨山の目が自分の腕の包帯に向かないようにしている。

不穏を感じる笙をよそに、梨山は続けた。

「奇妙なのは、柾さんの腕の傷と同じものが三年前に亡くなった椿さんにもありましてな」

「――っ！」

笙はギョッとして梨山を見た。彼は記憶を呼び戻すようなとぼけた顔をしているが、明らかに三人を探っている。

「母にも同じものがあったんですか？」

「ああ、笙ちゃんは知らんかったんかな？　三年前に椿さんが焼身自殺したときも検死をしたんじゃけど、椿さんの腕にも柾さんとそっくり同じ傷跡があったんじゃ。あまりにも古い傷じゃけ問題視はされんかったけどなぁ」

「……」

言われてみれば、母も両腕に包帯をしていたような気がする。だが、柾のようにずっと長袖だったので、はっきりと見た記憶はない。

これはいったいどういうことだ。杏の包帯の下はわからないが、もし事故の傷ではないとしたら、三兄妹が同じように両腕に傷をつけているということになる。

（それに、なんで矢鳥家とは関係ない芯夜にまで同じ傷があるんだ？）

あの傷について、芯夜は覚えていないと言った。何者かに傷つけられたのか自傷行為なのか答えは不明だと思っていたが、もしかして、矢鳥家の人間なら芯夜の傷の理由を知っているのではないか？

今まで思ってもいなかった繋がりに、笙はゾッとした。

椿の火前坊に、複数の者が共通して持つ腕の切り傷。

この一連の出来事は偶然ではない。笙の知らないところで、矢鳥家の深い闇《やみ》が関わっているような気がする。

「梨山さん。ここじゃあ寒いですけ、詳しい話はお屋敷ででも……」

杏に伴われ、梨山たちは墓地を後にした。笙はしばらくその場を動くことができず、母と先祖の墓を食い入るように見つめた。

5

柾の通夜《つや》が行われたのは、翌日の夜のことだった。柾の遺体はまだ警察なので棺《ひつぎ》の中は空だ。あまりにも無残な遺体なので、その方がかえっていいのかもしれない。

椿の四回忌では仏殿に大勢の村人が集まってくれたが、今日は弔問《ちょうもん》に訪れる者はほとんどいない。村人は皆、恐ろしくて矢鳥家に近づけないのだ。

椿の火前坊はそれだけ人々に衝撃と恐怖を植えつけた。

喪服に身を包んだ杏を筆頭に矢鳥の面々が並ぶが、なんとも虚《むな》しい時間だ。家族だけで無言のときを過ごしていると、ふとお手伝いの有川絹子の声が聞こえた。

「まぁまぁ。わざわざよく来てくださいました」

そう言って彼女が仏殿に案内してきた人物に、笙は仰天して立ち上がった。矢鳥の者も大きく目を見開いて喫驚《きっきょう》している。それほど、彼が矢鳥の仏殿に足を踏み入れるのはありえないことだった。

「し、芯夜!?」

きっちりと喪服に身を包んだ祇王芯夜は、矢鳥家の面々に向かって無言で一礼した。

彼は東京にいるはずだ。いつこの伏鬼村に帰ってきたというのだ。

笙の困惑をよそに、堂々と棺と本尊の前に座った芯夜は丁寧に手を合わせる。

「……」

一同が唖然《あぜん》としていると、芯夜は遺族に向き直った。

「祇王家当主の名代として参りました。この度《たび》はご愁傷様でございます」

なんとも折り目正しく当主の杏と榊に頭を下げる芯夜の姿に、笙は意味のわからない感動を覚えてしまった。故郷に帰るのを嫌がっていた彼が、こうしてここまで来てくれた。

当主名代などとは建前なのはわかっている。芯夜はそういうことを進んでやるタイプではない。家の面倒ごとは極力避けるのが彼のスタンスだ。

なら、なぜ彼はここにいるのか。それは笙のために他ならない。

「芯夜……」

単純に芯夜の気持ちが嬉しくて笙が目を潤ませると、横で榊が忌々しそうに鼻を鳴らした。

「祇王家当主の名代じゃと？　平気で嘯《うそぶ》くもんじゃ。芯夜、お前ようも矢鳥の敷居をまたげたもんじゃのう」

「お父さん！」

場違いな毒を吐く榊を杏が諌《いさ》める。

祇王家と確執があるとはいえ弔問客に対する態度ではない。笙も榊を咎《とが》めようとしたとき、杏が芯夜に深々と頭を下げた。

「本日はわざわざありがとうございます。兄亡き今、矢鳥の当主を務めさせていただくことになりました矢鳥杏です。祇王のご当主様にもそのようにお伝えください」

「ご丁寧にありがとうございます」

杏は窺《うかが》うように芯夜を見ている。芯夜はチラリと杏の胸元で光るオパールの首飾りに目をやり、すぐに視線を逸らした。

芯夜はこの場で笙に親しく話しかけてくることはなかった。あくまで当主名代の威厳と礼儀は崩さないままだ。

絹子がお茶を持ってくると、榊が怒気を撒き散らしながら立ち上がった。

「お父さん、どこへ？」

「祇王のもんの顔を見たら気分が悪うなった。どうせ、これ以上誰も来んのじゃ。わしは寝る！」

そう言い捨てると、榊は乱暴な足音と共に仏殿を出て行ってしまった。

「ごめんな、芯夜。せっかく来てくれたのに」

「気にしてない」

芯夜は本気でどうでもいいようだった。祖父の悪態など芯夜にとってはその辺の野良犬が吠《ほ》えているようなものなのだろう。

「芯夜君、会えて嬉しいわ」

花梨が涙で目を真っ赤に腫《は》らしながらも、気丈に芯夜に笑顔を向けた。彼女だけは祇王だの矢鳥だのは気にしていない。この環境で育ったのに家のしがらみに縛られない花梨を嬉しく思っていると、芯夜は無言で花梨の頭を撫でた。

「元気を出せ」

それだけ言って立ち上がる芯夜に、笙は慌てる。

「もう帰るのか？」

「ああ」

場所が場所なのでゆっくりしていけとも言えず、笙は見送りに立つ。

仏殿を出た廊橋の上で、芯夜がようやく笙を振り返った。

「来るのが遅くなってごめん。東京でゲボクがやっかいな話を持ってきたから、それを片付けてた。もっと早く来たかったんだけど」

優しい声音に笙は不覚にも目頭が熱くなってしまった。これではどちらが歳上なのかわからない。

「来るなら来るって言ってくれないと、驚くだろ」

「笙兄が感動して泣く姿が見たかったんだけど、やっぱりあんたはこんなことじゃ涙を流さないか」

「そんなことを狙ってたのか?」

笙は呆れたが、本当はうっかり泣きそうになったことは絶対に言わない。

ふと、芯夜は真面目な顔になった。

「でも、寂しい通夜だな……」

「しかたないよ、村の人たちが矢鳥を避けるのもわかる。あれは本当に恐ろしい光景だったからな」

「……」

芯夜は廊橋の手すりに身体を預け、少し考えるように夜の雪景色を見つめていたが、やがてはっきりと言った。

「火前坊なんていない。そんなものを信じたらダメだ。思考停止になる」

「だけど、みんな見てるんだぞ？　あれは間違いなく母さんだった」

「……」

芯夜はじっと笙を見つめて、ふと目を伏せた。

「今さらこの世に現れてたまるか」

「――？」

言葉に怒りにも似た感情が含まれていたので、笙は怪訝《けげん》に思った。

そういえば、芯夜が榊や杏と対面したとき、両者の間には痛いほどの緊張感が漂っていた。祖父の失礼な言葉も、祇王家への妬みというよりは芯夜自身への憎しみのように感じたのだが、気のせいだろうか。

「……」

「どうした笙兄？」

　突然黙り込んでしまった笙を芯夜が覗き込む。笙は我に返ってぎこちない笑みを浮かべた。

　柾や椿の両腕にあった古傷を芯夜に告げてもいいのだろうか。これを追及してしまうと、なぜか芯夜との関係が崩れてしまうような恐怖を感じる。

「笙兄、なにか気になることがあるなら隠さずに言えよ。あんたはしっかりした大人だけど、時には人に頼ることも必要なんだ」

「……」

　芯夜の声は思いやりに満ちている。いったい今日はどうしたというのだ。まるで、立場が逆転してしまっているではないか。

「柾さんが亡くなった日に、俺あんたに電話しただろ？」

「ああ」

「あんたのことだから、こんなところまで俺を呼びつけるのは気が引けたのかもしれないけど、遠慮せずに言えばよかったんだ。来てほしいって」

「……」

なんだ、これは。芯夜は自分を頼らなかった笙に不満をぶつけているのだろうか。

「いや。お前、岡山に帰るのはいやだって言ってたし」

「それとこれとは話が別だ。あんたはもっと人に甘えるべきだ。俺はそんなに頼りないか?」

「……いや、そういうわけじゃ」

さすがに歳上としての立場がないので笙が顔を赤くしていると、芯夜は呆れたように両腕を組んだ。

この傍若無人《ぼうじゃくぶじん》な生き神様相手では、大人という鎧《よろい》も粉々だ。もう完敗だと笙が呟いた刹那――。

「――ぎゃあああああああ!」

突如《とつじょ》、屋敷の方から男の絶叫が響き渡った。

「――!?」

笙と芯夜は一気に緊迫する。あれは祖父の榊の声だ。何があったのか、尋常《じんじょう》な叫び声ではない。二人は弾かれたように駆けだした。

祖父の部屋は一階の一番奥だ。裏庭側の縁側からでなければ祖父の部屋には行けない。

ようやく裏庭を見渡せる縁側に辿り着くと、部屋から榊がヨタヨタと出てきた。足がもつれた祖父は派手に転び、後ろを振り返る。

「おじいさん！」

祖父のもとへ駆け寄ろうとしたとき、部屋から信じられない者が姿を現した。

上半身火だるまの人間だ。

「火前坊!?」

火前坊は、恨めしげに祖父に近づいていくではないか。

また母の椿だろうか？

――いや、違う。あれは女ではない。男だ。

「柾、柾ー！　お前まで火前坊になってしもうたんか！」

涙ながらに祖父が叫ぶ。柾と聞き、笙は耳を疑った。あの火前坊は先日亡くなったばかりの叔父だというのか。

「ま、柾！　わしがわからんのか！　お前の父親じゃぞ！」

榊が懸命に呼びかけたが、柾の火前坊は無慈悲に祖父にのし掛かった。

「ぎゃあああああ！」

あっという間に炎に包まれ、榊は縁側でのたうち回る。

「おじいさん！」

笙はようやく我に返り、柾のときと同じように火を消そうと奮闘した。手に火傷《やけど》を負いつつも夢中で祖父を助けようとしたが、火はなかなか消えなかった。たまらず榊は縁側の窓を開けて屋敷の外へと飛び出した。庭の池に飛び込もうとしたが、そこまで辿り着けない。

「熱い熱いー!! ぎゃあああ」

「誰か、消火器を早く!」

笙が叫んだが、駆けつけた絹子は青ざめて立ち尽くすだけだった。

「す、すみません! 消火器は柾さんのときに使い切ってしもうて……! 新しいのをまだ購入しとらんのです!」

「ぎゃあああああああ!」

榊のおぞましい悲鳴が屋敷中に響き渡る。肉の焦げるにおいにむせかえりながら、絹子に倉庫にあるホースを持ってくるように告げる。庭木に水をやるために庭には水道がある。ホースで祖父に水をかけようと思ったのだ。だが、とうとう榊は裏庭に倒れてピクリとも動かなくなった。

「おじいさん!」

笙がたまらず縁側から降りようとすると、背後でドサリと人が倒れる音がした。とっさに振り向いた笙は、一瞬我を忘れた。

「芯夜!!」

真っ赤に腫れ上がった顔で、芯夜は意識を失っている。

「どうした芯夜!?　芯夜!!」

抱き起こして懸命に名を呼んでも、芯夜は目を覚まさなかった。

そうだ。芯夜には共感痛があるのだ。火だるまに包まれ、生きながらに身体を焼かれる榊を直視したら平気でいられるはずがない。

「芯夜！」

芯夜の全身は徐々に赤くなっていく。共感痛が目に見える形で身体に表れているのだ。

笙は庭で炎に包まれている榊と、倒れた芯夜の間でパニックを起こしていた。いつの間にか火前坊は消えていたが、そんなことにも気がつかなかった。

「お父さん！」

「きゃああ！　おじいちゃん！」

遅れて駆けつけた杏と花梨の悲鳴が響く。

笙が呼んだ救急車のサイレンが矢鳥の門前で鳴り響いたのは、通報から十分ほど経《た》ってからだった。

笙は芯夜を乗せた担架を追い自身も救急車に乗り込んだが、祖父の榊が運ばれてくる様子はなかった。

すでに手遅れだったのだろうか。

（なんなんだ、いったい……！）

外から見る矢鳥の屋敷は、暗闇の中で不気味に揺らめいて見えた。

冷静さを欠いた脳裏に浮かんだ言葉はただ一つ。

——呪い。

今の矢鳥は、何者かの呪いによって翻弄《ほんろう》される難破船のようだった。

6

「——痛くない痛くない痛くない」

笙は呪文のように呟きながら、眠る芯夜の腕や頬を撫で続けた。

芯夜が救急車で村外の総合病院に運ばれてから一晩経った。芯夜は未だに目を覚まさない。医者が言うには、芯夜の場合自己催眠みたいなものだから医学的に治療の術《すべ》はないという。それもそうだろう。彼は実際に火傷を負っているわけではないのだから。

しかし、人間の思い込みというのは侮《あなど》れないものだ。過去、オランダの実験でこんなものがあった。実験対象の死刑囚に人間は約三分の一の血液がなくなれば死ぬという情報を伝えたのち、目隠しをして手首を切った。ポタポタと水滴が落ちる音を聞かせ続け、血液が約三分の一流れた瞬間にそのことを告げると、死刑囚は死んでしまったという。

だが、実際には死刑囚の手首は切られておらず、もちろん血も流れてはいなかった。ただ少しの痛みを与えて落ちる水滴の音を聞かせていただけだ。死刑囚は手首を切られ血が流れ続けていると思い込んだだけで命を落としてしまったのだ。

　これを『ノーシーボ効果』という。その反対の効果をもたらせるものが『プラシーボ効果』だ。身体によく効く薬だと思い込ませ偽薬を飲ませると、不思議と患者の体調がよくなったりする。それだけ人の思い込みは良くも悪くも人体にさまざまな影響を及ぼすのだ。

　笙は無意識に歌を口ずさんだ。

　芯夜はよく笙の歌を聴くと癒《い》やされると口にする。それが本当なら、思い込みの痛みなどすぐに消してやりたい。

　延々といろんな歌を口ずさんでいると、病室のドアが開いた。芯夜の母、祇王彰子《あきこ》だ。彼女は芯夜が病院に運ばれたあとすぐに駆けつけ、笙と共に一晩ずっと看病をしていた。

　彰子は濡れタオルで芯夜の赤い顔を優しく拭《ぬぐ》う。

「笙ちゃん。この子が迷惑をかけて申しわけないねぇ。しばらくしたら目を覚ますじゃろうけ矢鳥に帰ってあげて。あちらは今大変じゃろうから」

「いえ。芯夜が目を覚ますまでここにいます」

　祖父は結局、あの場での焼死が確認された。立て続けに二人も焼死者を出した矢鳥家が今どうなっているのか気にならないわけではないが、笙には縁の薄い祖父のことより、芯夜の方が大事だった。

「芯夜が苦しんでるのは俺のせいなんです。昨日、矢鳥家に来なければこんなことにはなかった……」

笙がもっとしっかりして、弱気な部分を見せなければ芯夜は村に帰ってくることはなかっただろう。彼が聡《さと》いのを知っていたのに感情を隠せなかった自分のせいだ。

「やっぱり笙ちゃんは真面目な子じゃね」

彰子は困ったように眉を寄せ、少しだけ笑った。

「誰が笙ちゃんを責めるんよ。この子の共感力が高すぎるのは宿命じゃけ、しょうがないんよ」

「……」

「芯夜は生まれたときからこうじゃからね。人の痛みが自分に乗り移るたびに痛みで泣いとったけど、歳を重ねるうちに我慢を覚えてしもうてね。痛くてもしんどくても、なんにも言わんようになってしもうた。……子供なのに我慢強さだけが異常に発達してしもうて、親としても心配しとったんじゃけど、ある日この子が珍しく嬉しそうに飛んで帰ってきてね。笙兄が痛みを和《やわ》らげてくれたって言うたんよ」

「え?」

初めて聞く話に戸惑って、笙は顔を上げた。彰子は昔を懐かしむように目尻を下げる。

「あれは、三、四歳のときじゃったろうかねぇ。この子と一緒に遊んどった友達が遊具から落ちて大怪我をしてしもうてね。当然大人たちは目に見えて怪我をしとる子のところへ飛んでいくじゃろ？　この子は一人で共感痛に耐えとったらしいんじゃけど、そのとき笙ちゃんが芯夜に声を掛けてくれたらしいんよ。『大丈夫？』って……」

「……そんなことが？」

彰子には悪いが笙にはまったく記憶がない。近所の子供たちの面倒を見るのは年長者の役割だったので、よく自分より幼い子たちと一緒にいたが、子供が怪我をするのなんかしょっちゅうだった。それゆえ、時と共に埋もれてしまった記憶なのかもしれない。

「笙ちゃん一人だけが芯夜を気にかけてくれて、こっそりと歌を歌ってくれたそうじゃ。すると、不思議なことに痛みがみるみる引いた言うてな。笙兄は凄い！　笙兄は凄い！　って、もう手放しでベタ褒めじゃったんよ。あんな嬉しそうな芯夜の顔を見たのは初めてじゃったかもしれん。……あの頃、この子は自分の感情を隠すようになっとったけ、おばさんも安心してしもうてな。ああ、芯夜は大丈夫。笙ちゃんと一緒にいれば、ちゃんと健全に育ってくれるって喜んでしもうた……」

「あ、すみません……俺、覚えてなくて……その……」

「笙ちゃんは忘れとっても、この子はきっと覚えとるよ。その証拠に今でも笙ちゃんにべったりじゃろ？」

彰子はコロコロと笑った。

「小さい頃ならいざ知らず、大きくなっても東京まで追いかけていくとは思うとらんかったけ、おばさんもビックリしたわ。笙ちゃん、この子うっとうしゅうない？　ごめんな」

「いいえ、そんな。とんでもない！」

正直、謝りたいのは笙の方だ。そんなに祇王家に頼りにされていたとは知らず、芯夜を土砂災害に巻きこんでしまったのだから。

一度も祇王の人から責められたことがないのが不思議だったが、そんな経緯があったとは。もしかしたら、祇王夫婦は芯夜の宿命と向き合わず、幼い笙に任せきりにしていたことを反省していたのかもしれない。

「——母さん、よけいなことを喋りすぎだ」

ベッドの上でバツが悪そうな声が聞こえたので、笙と彰子はハッとした。いつの間にか芯夜の目が開いている。不機嫌そうな顔で睨《にら》んでいる息子に母親は安堵して、その前髪を何度もすいた。

「全部本当のことじゃろ。まったく、あんたは……いくつになっても心配かけるんじゃけ」

「ごめん、俺も油断してた」

素直に芯夜が謝ると、彰子は愛《いと》おしそうに頬を叩いた。

「もうどこも痛《いと》うない？」

「ない。腫れも引いてると思う」

　芯夜の言うとおり肌の赤みはほとんど引いていた。一晩かかったが、なんとか痛覚は正常に戻ったらしい。

「笙ちゃんが一晩中側で歌ってくれたおかげじゃな。先生にあんたの目が覚めたって言うてくるわ。ついでにお父さんにも連絡せんと。心配しとったけぇな」

　そう言って彰子は嬉しそうに病室を出て行った。

　二人きりになった病室で思いがけない沈黙が流れる。いつもならお互いどちらからともなく話し出すのだが、今日はなんだか気まずかった。

「ん」

　不意に芯夜が手を上げた。これは助け起こせということなのだろう。

　要求されるまま手を摑《つか》んで彼の身体を起こすと、芯夜は服をめくって腕や腹を確かめた。

「まったく格好がつかない」

「――？　なにが」

　仏頂面《ぶっちょうづら》の芯夜に本気で問うと、彼はうっすらと耳を赤くした。

「笙兄を助けようと思って駆けつけたのに、その日に倒れるなんて目も当てられない」

「……」

　芯夜が拗《す》ねている理由をようやく理解し、笙は腹の底からジワジワと笑いが込み上げてきた。我慢できずにとうとう噴き出すと、芯夜に睨まれた。

「いや、ごめん。けど、そんなバカなことを思ってたなんて。あははははは！」

「笑いすぎだろ」

「たしかに、昨日のお前は格好良かったよ。あはははははは！」

「笙兄！」

どんと拳《こぶし》で胸をつかれて、笙は咳《せ》き込んだ。ゼーゼーと肩で息をし、芯夜の発想のかわいさに再び笑う。

「しつこい」

「ごめん、つい……」

なんとか笑いを収めると、笙は改めて芯夜に向き直った。

「でも、思ったより早く腫れが引いてよかった。じいさんが酷《ひど》い惨状だったから、お前の痛みがもっと長く続くんじゃないかって心配してたんだ」

「……笙兄の歌がずっと聞こえてたからな」

芯夜は照れくさそうに顔を逸らせた。彰子が言ったことはどうやら本当だったらしい。

彼の決まりの悪さをひしひしと感じる。

「――で、矢鳥の隠居はどうなったんだ？」

「じいさんなら死んだよ。焼死だ」

「……」

　誤魔化すように本題に入った芯夜に、笙も真面目に応じる。芯夜が笙の右手の包帯に目を向けた。火傷の処置だが、芯夜が痛みを受け取らないように「見た目ほど酷くないよ」と告げても、彼は黙って自分の右手をさすった。言葉に意味はなかったらしい。

「あれから矢鳥家はどうなった？」

「ああ、所轄の他にも県警から刑事が何人か来てるらしい」

　こんな大事になれば当然だ。再び火前坊が現れたと言っても信じてもらえるかどうか、微妙なところだ。芯夜は赤くなった右手を隠すように布団の中に入れて呟いた。

「──笙兄、火前坊はやっぱりいないよ」

「え？」

　芯夜も柾の火前坊を目の前で見たではないか。なのに、あの怪異を否定するのか。

「この目で見たからこそ、はっきりと断言できる。あの火前坊は熱さを感じていなかった」

「──ん？」

　言われている意味がわからず、笙はわずかに眉を上げる。

「共感痛のある俺の観点から話をすると、火前坊が現れたとき俺は火に焼かれる痛みを感じていなかったんだ。けど、その火が矢鳥の隠居に移った瞬間、耐えがたい痛みと灼熱《しゃくねつ》の地獄に襲われた。つまり、火自体は本物だってことだ」

「……お前の言っていることは、熱さに強い火前坊は本物の妖怪だって言っているように聞こえるぞ？」

「その反対だ。本物の火で、火傷をせずに火だるまになれるトリックがあるってことだ」

「……ああ、なるほど」

言われれば、そう考えることもできる。

「矢鳥の当主が椿おばさんの火前坊に襲われて亡くなったと聞いた日、俺はゲボクに頼んで矢鳥の人間のそれぞれの経歴を調べてもらった」

「お前、そんなことをしてたのか!?」

もしや、だから伏鬼村への帰郷が遅くなったのだろうか。それでは下僕《しもべ》刑事が厄介ごとを持ち込んだのではなく、芯夜が下僕刑事に厄介ごとを持ち込んだの方が正しいではないか。

「ゲボクが言うには、矢鳥の中に一人だけ昔映画製作に携《たずさ》わっていた者がいたらしい。そいつは、いわゆる特殊技術やメイクに長《た》けた仕事をしていた」

「――？　そんな話、家の人間からは聞いたことがないぞ」

「それはそうだろう。矢鳥の人間といっても、彼女は赤の他人だ。その昔、若い頃の彼女がどこで何をしていたかなんて、あんたたちは知らないだろ？」

そこまで言われてようやく笙は気づいた。

「もしかして、絹子さん？」

「そう。有川絹子は十五年ほど前に家事手伝いとしてあの家に来たようだが、その前は東京の映画制作会社に勤めていたんだ」

「……まさか」

　唖然とする笙に、芯夜はなおも続けた。

「撮影用の特殊技術に身体中を火だるまにできるものがある。それは、ポリアクリル酸ナトリウムだ」

「ポリアクリル酸ナトリウム？　ああ、知ってる。おむつなんかに使用される吸水性ポリマーだろ」

「さすが笙兄。その吸水性ポリマーをジェル状にして塗りつけると、本物の火を付けても火傷はしない。……映画やドラマで人間が火だるまになってるだろ？　あれはその技術なんだ。それに、火前坊が火だるまなのは上半身だけだった。あれは、自分たちが歩き回っても火が屋敷に燃え移るのを最小限にするためだ。そんな配慮をする妖怪がどこにいる」

「じゃあ、絹子さんがその特殊技術を使って火前坊になりすましていると？　でも彼女は母さんの火前坊が現れたときも、柾叔父さんの火前坊が現れたときもちゃんと現場にいたぞ」

「ああ」

「それに顔は？　俺たちは母さんと柾叔父さんの顔をしっかりと見てる」

「それも映画の撮影技術だ。体型が似たものを使えば、特殊メイクでなんとでもなる。全身が炎に巻かれていたら、じっくりと顔なんて観察できないだろ？　特殊メイクかどうかなんてすぐには見破れない」

「――じゃあ、絹子さんに共犯者がいるってことか？」

笙は芯夜の賢さに舌を巻いた。あのたった一本の電話だけで、彼はそこまでアタリを付けていたとは。

「笙兄、これは火前坊が起こした怪異なんかじゃなくて、立派な殺人事件だ」

言い切った芯夜に、笙は肌を粟立《あわだ》たせた。

柾や榊を焼き殺した犯人が本当に火前坊ではなく人間なのだとしたら、二人への単純な恨みではなく、矢鳥家への怨念《おんねん》のような気がする。

「もしかして……この殺人が火前坊の見立てなら、犯人は二百年以上も前に『火定三昧』で往生した矢鳥慎浄をけなしているのかもしれない」

矢鳥慎浄の最期は矢鳥の人間しか知らない。二百年という年月は慎浄の壮絶な最期を世間から廃《すた》れさせるには充分だった。椿の死にしても『火定三昧』であることはあまり口外されてはいないはずだ。知るのは警察やごく限られた者だけだと聞いている。

「とすると犯人は……」

「矢鳥の中にいる」

言い淀《よど》む笙に、芯夜がはっきりと告げた。

笙は何とも言えない気持ちになった。ここまで異常な執念を持つ者が身内にいるとは思いたくなかった。

「笙兄、有川絹子に話を聞きに行こう」

「矢鳥に戻るのか？」

「ああ。有川絹子には、きっと共犯者がいる。それをはっきりさせたい」

「そうだな」

とはいえ、芯夜を連れてあの屋敷に戻るのは気が引けた。また事件が起きて彼が倒れたら彰子や祇王家に申しわけが立たない。それに笙自身、冷静でいられなくなる。

「笙兄はまだ守りたいものがあるんだろ？」

芯夜は花梨や杏のことを言っているのだろうか。たしかに叔父と祖父を殺した犯人があの屋敷にまだいるとしたら、花梨たちが心配だ。

笙が決意を固めると、芯夜がベッドから降りた。もう痛みはすっかり引いたらしく、しっかりとした足取りで歩いている。ホッとしていると、タイミング良く病室のドアが開いて彰子が戻ってきた。

「あら、どこへ行くん？　お父さんが今から迎えに来る言うとるけど」

「いい。父さんを待ってられないんだ。まだ少しやらなきゃいけないことがあるから、笙兄とバスで村に戻る。母さんは父さんと一緒に帰って」

「……」

心配そうな母親に小さく「ごめん」とだけ告げて、芯夜は病室を後にした。笙は彰子に深々と頭を下げる。芯夜を巻きこんですまないという思いが通じたのか、彼女はしかたがなさそうに笑みを浮かべた。

「これがあの子の性分じゃけぇな」

そう言う彰子の表情は、我が子の全てを受け入れる母親の情に満ちていた。

7

バスで矢鳥の屋敷に帰ると、警察の姿はなかった。

榊の遺体も警察署に運ばれたらしい。人が少なくなった屋敷はいっそう閑散《かんさん》としていて冷え切っている。

花梨の話では、杏が昨夜から警察に連れていかれたまま帰ってきていないという。当主として、いろいろ事情を聞かれているのだろう。

「笙ちゃんと芯夜君にも詳しい話を聞くって怖い顔の刑事さんが言うとったよ」

よほど不安だったのか、花梨は玄関先で笙に抱きついたまま離れない。

「駐在さんも他の刑事さんも、笙ちゃんたちがお父さんの火前坊を見た言うても全然信じてくれんの。刑事さんたち、芯夜君が運び込まれた病院に行く言うとったけど、行き違いになったんじゃな」

そういえば、榊が火前坊に襲われた場面を見たのは笙と芯夜だけだ。今回は前回と比べて証明が難しいかもしれない。

「……ということは、俺が疑われてるのか？」

「……うん。火前坊が出はじめたのは笙ちゃんが帰ってきた初日じゃったし……」

「……」

笙はなんとも言えない気持ちになった。

言われてみれば、この騒ぎは笙の帰郷を狙ったように起こっているではないか。人が何人も死んだとなれば、警察は火前坊だなんだと怪奇扱いはしない。笙が疑われるのも当然だ。

「でも大丈夫じゃ！　なんてったって今回は芯夜君も見とるんよ？　村の生き神様の言うことを刑事さんたちがないがしろにするとは思えん！」

「いや、どうだろうな……」

せっかく花梨が励ましてくれたが、芯夜の証言だけで警察が引くとは思えない。

「笙兄。警察が帰ってきたら面倒くさい。早いとこ話を聞きに行こう」

芯夜に急《せ》かされ、笙は頷いた。

「花梨、絹子さんはいるか？」

「絹子さん？　台所におると思うけど……？」

怪訝な顔をする花梨をそっと離し、笙はその頭を撫でた。

「絹子さんと大人の話があるから、部屋に帰っててくれ」

「……うちは行ったらだめなん？」

「ああ。花梨はなにも聞かない方がいい」

「……わかった」

花梨は笙と離れたくないようで不服そうだったが、素直に従ってくれた。花梨が自室のある二階へ上がっていくのを確かめたあと、二人は居間の横にある台所へ向かった。

顔を覗かせると、絹子が包丁で白菜を切っていた。しかし、ぼんやりと突っ立っていてまったく手を動かす気配がない。

「絹子さん」

声を掛けると、笙たちに初めて気づいたのか、絹子がビクリと肩を揺らした。

「ま、まぁ、笙さん。お帰りなさい。芯夜君も……？　よかった、元気になったんですね」

取り繕《つくろ》うように笑顔になり、絹子はいそいそと白菜を切る。

「今日は牡丹鍋《ぼたんなべ》にしようと思いましてね。……花梨さんも伊吹さんも元気がないから、杏さんが帰ってきたら皆さんで鍋を囲んでもらおうと思って……」

　新たな野菜を切ろうとネギを手にした絹子の腕を笙は摑んで止めた。話の展開しだいでは彼女が落ち着いていられるかはわからない。包丁を握っているのは危ないと思ったのだ。

「ごめん、絹子さん。ちょっと話を聞きたいんだけど、いい？」

「は、話ですか？」

「火前坊について、絹子さんは何か知ってるんじゃないかと思って」

「――っ」

　直球で尋ねると、絹子は見るからに顔色を変えた。どうやら、芯夜の推理は当たっていたようだ。

「矢鳥に来る前、絹子さんは映画撮影に携わっていたそうだね？」

「え、ええ。それが何か？」

「ポリアクリル酸ナトリウム。これの扱い方を絹子さんなら知ってるんじゃないかと思って」

「――っ」

　絹子は硬直してしまった。どうにも嘘がつけない人だ。

「な、なにを仰《おっしゃ》っているのか……。私は火前坊のことなど知りません」

「──本当にそうか？」

怯える絹子に芯夜が圧をかけるように近づいた。芯夜は村では神だ。その神の強い視線に射貫かれて、絹子はすくみ上がってしまった。まるで生前の悪行を地獄の閻魔《えんま》に裁かれる死人のように青ざめている。

「ポリアクリル酸ナトリウムは吸水性に優れ、水分を多分に取り込める。その仕組みを利用してジェル状のものを皮膚に塗れば、たとえ火だるまになってもある程度は熱さに耐えられるだろ？　着ている服にしても同じだ。繊維にジェルポリマーを含ませれば、燃えるのを防ぐことができる。だが、皮膚に塗るジェルはかなり厚く塗らなければならない。

──これはもしもの話だが、警察にある柾さんとご隠居の遺体や燃え残った衣服に、ポリアクリル酸ナトリウムの成分が付着しているかもしれない。なんてったって、かなり豪快に抱きつかれてたからな」

「……！」

「俺は笙兄が警察に連れていかれたら、あんたの経歴のことを話すつもりでいるが……あんたは警察の取り調べに耐えられるかな？」

絹子は震える手で割烹着を強く握った。

「し、知りません。本当になんのことだか……それに、ポリアクリル酸ナトリウムなんてネットで簡単に買えるものですよ？　ち、知識は必要かもしれませんが、そんなもの調べようと思えば調べられるでしょう……」

芯夜はおもむろに右腕の服の袖をまくり上げた。腕の内側に付けられた無数の傷に、絹子は驚愕《きょうがく》して口を手で覆う。

「芯夜君、あなた……！」

「俺は、あんた以上に矢鳥の闇について知っているつもりだ。それに、ポリアクリル酸ナトリウムはネットで買えても、椿や柾に化ける特殊メイクの技術なんて普通は持ち合わせてないだろ。あんたの関与の否定は難しいよ、絹子さん」

とうとう絹子は涙目になってしまった。芯夜の腕の傷を凝視したまま微動だにしない。

「こんなことが……許されていいのでしょうか」

絹子の声は重く苦しそうだ。

「わ、私は本当に最近までこの家の事情をまったく知らなかったんです。十五年も仕えていたのに気づきもしなかった……」

「矢鳥の人間は周到だからな。だから、二百年以上も家を保ってこられた」

笙は芯夜と絹子の会話の意味が理解できなかった。

二人はいったい何を言っているのだ。この家に笙の知らない何かがあるというのか。

「ただ花梨さんが不憫《ふびん》だったんです……だから……」

「花梨？」

意外な名が出てきて、笙は目を瞬《またた》いた。

「ああ、なるほど……」

芯夜は合点《がてん》がいった顔で頷いたが、笙にはまったくわからない。

まさか、絹子が花梨に協力したというわけではないだろう。椿や柾の火前坊が出たとき、花梨は常にそこにいた。それに、実の父や祖父の殺害に関わるような子ではけっしてない。

「たしかあんたは、十五年前にこの矢鳥に来たんだよな？　とすれば、赤ん坊の頃から花梨を見てるんだ。それなら彼女を思うあまり犯罪に協力してしまうのも納得できるよ」

芯夜の理解を得られて安堵したのか、絹子は流れる涙を手で拭った。

「芯夜、どういうことだ？」

なぜ、芯夜が絹子の気持ちを笙よりも理解しているのだ。まだ、彼は自分に隠していることがあるというのか。

笙が芯夜に気を取られていると、絹子がいきなり笙を突き飛ばした。

「笙さん、すみません！　本当にすみません！」

「絹子さん!?」

逃げようとした絹子を追って台所から出た笙は、廊下の端から出てきたものに喫驚して足を止めた。

「し、芯夜！　火前坊だ！」

笙が叫ぶと、芯夜も廊下に出てきた。

そこにいたのは、柾の火前坊だった。柾は上半身から炎を放ち、唸りながら二人に向かってくる。その眼光は明らかな殺意に満ちていた。

「――笙兄、逃げろ！」

「え？」

「あいつは、あんたのことも柾や榊と同じように殺すつもりなんだ！」

「――は？」

なぜだ。笙は本当に矢鳥のことを何も知らない上に、この家とはほとんど関わりを持たずに生きてきた。犯人に恨まれる覚えはない。

笙が困惑していると、いきなり火前坊がこちらに走ってきた。

「火は本物だ、触れるとじいさんたちの二の舞になるぞ！」

芯夜が笙を引っ張って駆け出す。だが、火前坊はどこまでも追ってきた。

「笙兄、仏殿だ！　仏殿に逃げ込めば火前坊は追ってこない！」

「なんでだよ！」

相手は矢鳥慎浄を貶《おとし》めるような相手だ。逃げ場所として適切とは思えない。

「いいから仏殿へ走れ！」

それでも芯夜が急かすので、笙は言われるとおり仏殿へ向かった。

二人で廊橋まで出ると、柾の火前坊は思惑通り廊橋の手前でピタリと止まった。

戸惑う間もなく笙は仏殿の扉を開ける。

「入れ芯夜！」

芯夜を仏殿内に招き入れ、笙は扉を閉めた。

しんっと静まり返った仏殿内で、己の心臓の音だけが聞こえる。まさか、火前坊が自分まで殺そうとするとは思ってもいなかったので、緊張と恐怖が極限まで高まっていた。

犯人は矢鳥の人間を皆殺しにするつもりなのだろうか。

「大丈夫だ笙兄。奴はあの姿のままでは絶対に入ってこないから」

顔面蒼白《そうはく》な笙を見かねたのか、安心させるように芯夜が言う。そのとたん、笙は思い出した。屋敷にはまだ花梨と伊吹がいる。

「花梨！」

笙が仏殿の扉を開けようとすると、芯夜に腕を掴まれた。

「笙兄！　ダメだ、出るな！」

「でも花梨が！」

「花梨なら大丈夫だ。あいつは絶対に花梨には危害を加えない！」

「――――？」

確信に満ちた芯夜の顔を笙は食い入るように見つめる。

「どういうことだ？　なんで火前坊は花梨を狙わないんだ。そもそも、お前は矢鳥の何を知ってるんだ？」

芯夜の腕が笙から離れた。

「お前の腕の傷……。その傷と同じものが亡くなった母さんや柾叔父さんの腕にもあった。杏叔母さんも包帯を常に腕に巻いてる。叔母さんは事故の怪我だって言ってるけど、俺はそうは思えない。……その傷はいったいなんだ？　なんで矢鳥の人間じゃないお前にまでついてるんだ？」

「笙兄」

「お前は失踪時の記憶がないと皆に言った。俺はその言葉を信じた。もし嘘だったとしても、よっぽど隠したいことがあるんだろうと思って、あえて追及しなかったんだ。不用意なことを暴いてお前を傷つけたくなかったから！　……だけど、違うのか？」

「――っ」

「お前は、あの日からの記憶をずっと持ち続けてるんじゃないのか？」

問うても、芯夜は答えなかった。しだいに辛くなり、笙は感情をぶつけるように彼の肩を摑んだ。

「芯夜、正直に言ってくれ。お前が失踪時の記憶を封印しているのは、もしかして、俺のためなんじゃないのか？」

芯夜の顔が一気に蒼《あお》くなる。

自分は図星をついてしまったのだと確信した。

「十二年前の土砂災害の日、お前の身になにがあったんだ？　なんであの火前坊は矢鳥の人間を殺すんだ！」

笙が芯夜を覗き込むと、彼は強張《こわば》った表情のまま目を見張った。

芯夜が笙をそんな目で見るのは初めてだった。捨てられた子犬のような、寂しさと怯えが入り混じる複雑な色だ。

「芯夜！」

それでも今回は引けなかった。

真実を知らなければ、今までのようにこれから芯夜と向き合えない。

「教えてくれ、頼むから……」

力なく彼の肩を揺らすと、芯夜はようやく重い口を開いた。

「火前坊が矢鳥の人間を狙うのは復讐《ふくしゅう》だ」

「復讐？」

「同時に、あいつらは守りたい者のために動いている」

「――？」

笙は思わず芯夜の肩を放した。彼の言葉が火前坊の行いを肯定しているように思えたからだ。

「お前は犯人の気持ちがわかるのか？」

唐突に、芯夜の瞳から涙が一筋こぼれ落ちた。

笙が驚くと芯夜は虚空《こくう》を見つめて表情を消した。壊れた機械のようにただ涙を流すだけの芯夜に、笙がたまらず腕を伸ばすと彼は苦しそうに言葉を吐き出した。

「俺は……あの土砂災害の日からずっと鬼子母神《きしもじん》の幻覚を見続けている……」

「鬼子母神？　それはいったい誰だ。お前を苦しめているのはなんなんだ」

「──っ」

芯夜が不意に笙を抱きしめた。笙は困惑して彼の背中に手を回す。

「──芯夜？」

「……あの土砂災害の日、洞窟《どうくつ》から俺を攫《さら》った鬼子母神は……矢鳥椿だ……」

「──え？」

何を言われているのかわからず、笙は必死に芯夜の声に耳を傾ける。

芯夜はまるで神に懺悔《ざんげ》するようにいっそう強く笙を抱いた。

「ごめん、笙兄。……あんたの母親を殺したのは俺だ」

「──っ！」

芯夜の告白はまったくの予想外だった。衝撃を受け、全身の力が抜けていく。幻聴ではないかと疑いかけた笙に、芯夜ははっきりと告げた。

「三年前、俺があんたの母親を焼き殺した。俺はあんたの側にいる資格がない人殺しなんだ――」

8

絶句したまま動けない笙に、芯夜は「全てを話す」と言った。

頭の中は複数の疑問が渦巻いているのに、問い詰めることも責めることもできず、笙は微動だにしない。そんな笙の腕を取って、芯夜は仏殿の須弥壇へと導いた。

「この本尊の下に隠し部屋があることを笙兄は知ってるか？」

「隠し部屋？」

そんなの知るはずがない。矢鳥の人間もそんなことを口にしたことは一度もなかった。

芯夜は安置された本尊ごと右側から須弥壇を押した。驚くべきことに須弥壇はガラガラと音を立てて動いたではないか。

須弥壇の下に地下へと続く階段が現れたときはさすがに目を疑った。

芯夜は笙を促《うなが》し、階段を下りていく。後についていくと、そこは闇の中だった。微かな生臭さを感じ鼻に指を当てると、芯夜が持っていたライターに火をつけた。瞬間――

「――っ!?」

淡い灯《あか》りに照らされた異形の者に、笙は悲鳴を上げそうになった。

芯夜が手近な蠟燭に次々火を灯《とも》すと、徐々に異形の者の全貌《ぜんぼう》が現れてきた。その姿をはっきりと認識したとき、笙の背中に冷たいものが流れた。

目の前に鎮座するのは、大きな厨子《ずし》に収められた黒焦げの死体だった。

大きく口を開けた面は苦悶《くもん》に満ちている。豪華な僧衣を着ているところを見ると、即身仏だろうか。だが、明らかに一般の即身仏とは違う。

普通の即身仏は、十穀断ちをし身体の脂肪《しぼう》や肉を極限までそぎ落としたあと、防腐剤代わりの漆《うるし》を飲み、地中に掘られた石室の中に生きたまま入って命が消えるのを待つ。そののち弟子などが掘り起こして乾燥させることで、ようやく現在でも残る即身仏となるのだが、この即身仏はその過程の中で一度身体を焼いているように思えた。

厨子の前には石作りの寝台のようなものが設置され、手前には大きな護摩壇《ごまだん》があった。それらのものを取り囲むようにして十数本の燭台《しょくだい》が置かれ、壁面には無数の呪符のようなものが貼られている。

どう見ても、なにかの儀式場だ。

「――なんだ、これは？」

異様な地下部屋に笙は眉間《みけん》を寄せる。こんなものが仏殿の下に隠されていたとは、生まれてこの方気づきもしなかった。さすがに驚きを通り越して怖気《おぞけ》が走る。

「この焼死体こそ、矢鳥の本物の本尊『矢鳥慎浄』だ」

「矢鳥慎浄!?」

笙はギョッとして芯夜を見た。

「矢鳥慎浄がなんでこんな所に隠されてるんだ」

次々に襲ってくる衝撃は皮肉にも笙の思考を正常に戻した。ようやく口が回るようになった笙に芯夜は少し安心したようだった。

「矢鳥慎浄は十穀断ちをし、漆を飲んだ後『火浄三昧』を行った。その後、矢鳥の人間が即身仏として遺体を残せるように処置を施したんだ」

「……そうだったのか」

笙は本尊である矢鳥慎浄が仏殿の地下に眠っているなど教えてもらっていなかった。これは当主しか知らないことなのか、それさえもわからない。

「笙兄。二百年前、矢鳥慎浄が本家の祇王家と袂を分かった本当の理由を知っているか？」

「いや、理由までは……。ただ、その離反が原因で祇王と矢鳥の仲は修復不可能なまでになったと聞いてるけど……」

「ああ」

芯夜は神妙な面持《おもも》ちで寝台に腰掛けた。

「今も昔も祇王は祈禱《きとう》に長けた家だが、そのルーツは千二百年前の京にまで遡《さかのぼ》るんだ」

「もちろん知ってるよ」

京に寺院を構えたのち後醍醐《ごだいご》天皇と共にこの地へと下っても、祇王の祈禱力は衰えることはなかった。だからこそ、新永寺は祈禱力に優れた寺として現代まで続いているのだ。

「それがどうかしたのか？」

「祈禱力に優れる祇王家が、千二百年もの昔から唯一禁忌《きんき》としているのが、人への呪詛《じゆそ》だ」

「……呪詛？」

「人を呪うべかざる。呪詛はかけた者にも跳ね返るうえ、仏の道にも反する。それゆえ、おいそれと手を出していいものじゃない。だが、矢鳥慎浄はその禁忌を破った」

「え？」

「矢鳥慎浄は祇王に内密で他人から呪詛の依頼を受け私腹を肥《こ》やしてきた。当然、真実を知った祇王は彼を許さなかった。開き直った慎浄は自ら祇王と縁戚関係を切り、袂を分かったんだ。そして矢鳥の当主となり、独自の教義を開いた。その教義と呪術は今でも矢鳥に受け継がれてるんだ」

「それは、もしかして……」

「矢鳥家は、この現代でも日本各地から依頼を受け、他人を呪詛し続けているんだ」

笙は目眩《めまい》に襲われた。ふらつく身体でなんとか立っていると、芯夜は辛そうな顔で自分の左腕をめくる。一瞬、それと呪詛になんの関係があるのかと思ったが、笙は信じられない結論に辿り着いてしまった。

「まさか……」

「呪詛には呪物が必要だ。矢鳥が使う呪物は呪術者と血を連ねる者。つまり身内だ」

「――っ」

「矢鳥は代々、呪詛を行う際に成熟していない身内の者を呪物としてきた。祈禱中にこの台に寝かせ、その血を身体から流し続ける。そうすることで、呪詛者には呪いが跳ね返らない。言ってみれば人身御供《ひとみごくう》だ」

「そんなこと……！」

「矢鳥の人間は身体の弱い者が多いだろ？　それは、成人するまでのあいだ自分が呪物になってきたからだ。火前坊に殺された柾も榊も例外じゃない。皆当主になる前は呪物だった」

「……嘘だろ。正気じゃない。人がすることじゃない！」

「……まさしく鬼畜《きちく》の一族だ」

　心臓に深く矢を突き立てられた気がした。鬼畜と芯夜が罵《ののし》るその一族に、自分は名を連ねているのだ。

「芯夜、まさかお前も？」

恐る恐る尋ねると、芯夜は目を伏せた。

「十二年前のあの土砂災害の日、俺は洞窟でずっと笙兄を待っていた。でも、来たのは女の顔をした鬼だった……」

「それが母さんなのか？」

芯夜は頷く。

「矢鳥椿は、俺を見つけるとそのまま洞窟から連れ去った。彼女も最初は行方不明だった笙兄を探していたのかもしれない。それは未だにわからないが、俺は山が崩れる前に椿によって洞窟を脱出し、矢鳥の屋敷に監禁されていたんだ」

「そんな……。俺は中学にあがるまではこの屋敷にいたんだ。気づかないはずがない！」

微かに芯夜は笑う。

「きっと、仏殿には入るなとか言われてたんだろう？」

「……」

笙は二の句が継げなかった。まさにそうだ。あの災害の日以来、仏殿には大事なご本尊様があるから子供は近づくなと言われていた。きっかけはまだ幼かった花梨が燭台を倒したとかなんとかだったが、どっちにしてもたいした理由ではなかった。

なのに、愚《おろ》かで幼い笙は大人が言うことならばと素直に聞き入れたのだ。

「仏殿にはまだ隠し扉があって、俺はそこの座敷牢《ざしきろう》にずっと囚《とら》われていた。儀式のときだけ、牢から連れ出されてこの身を切り刻まれた」

知らず、笙の瞳から涙がこぼれ落ちた。

嘘だと言ってほしかった。彼はこの家に九年間も監禁され、幼い頃から血を流し続けていたのか。しかも、そんな目に遭わせたのが、自分の母親だったというのか。

「笙兄、泣くなよ。たしかに俺は惨い目に遭ってはいたが、人としてはまだマシだったんだ」

「……」

「幼い俺を親身になって育ててくれたのは、矢鳥杏だった。……杏は牢から出られない俺を不憫《ふびん》に思ったのか、たくさんの本を差し入れて勉強を教えてくれた。俺の知識が豊富なのは、全部本から得たものだ。……牢の中では、読書くらいしかすることがなかったからな……。杏がいなかったら、俺は人間としてまともな成長はできなかったかもしれない」

「芯夜……」

芯夜の言うとおりなら杏には感謝するしかない。叔母は昔から母性の強い人だ。それは花梨や伊吹への接し方を見てもわかる。

「でも、なんでお前だったんだ？　当時この屋敷にいた子供なら、俺が犠牲になるはずだろう？　なのにどうしてお前なんだ！」

母に対する怒りを抑えきれずに叫ぶと、芯夜は小さく首を傾げた。

「なんだかんだ言って、俺も矢鳥の人間と血が繋がってるからな……。代替物としては、ちょうどよかったのかもしれない」

「代替物？」

そこで初めて、笙は芯夜が言った『鬼子母神』という言葉を理解した。芯夜は、笙の身代わりにさせられたのだ。我が子を呪物にしたくないという母親の身勝手によって。

当時、当主だった母が我が子を呪物にしないと言い張ることはできなかった。となれば、誰もが納得する身代わりを立てるしかなかったのだ。

「なんてことだ……。俺のせいで……。俺のせいでお前は……」

流れる涙が止まらない。もう、これ以上感情を抑えることはできなかった。自分の母が身勝手にも芯夜の自由を奪い、大切な身体を傷つけ、あまつさえ呪物にしてしまった。なにをどう償《つぐな》えばいいのかわからない。

「笙兄のせいじゃないよ」

「いいや、俺のせいだ！　許してくれ芯夜……！」

たまらず、笙は芯夜の手を握りしめた。

「なんでお前は俺を責めないんだ！　どうして、今まで本当のことを黙ってたんだ！」

足元に大きな穴が開いて、どこまでも闇の中に落ちてしまいそうだった。笙の長年の平穏は彼の犠牲の上に成り立っていたなんて。

「大丈夫だ、笙兄。本当に笙兄のせいじゃないんだ」

芯夜はそっと笙の肩を抱き寄せた。穴に落ちかけた罪人を掬《すく》い上げるような優しさだった。

どうして芯夜がそんな考えに至ったのかわからず困惑していると、不意に誰かの足音が階段から聞こえた。

「──芯夜、なにを寝ぼけたことを言うとんなら、全部、その男のせいじゃろうが」

驚いて振り向くと、日本刀を手にした伊吹が階段をゆっくりと下りてくるではないか。

「い、伊吹！」

伊吹の形相は人のものではなかった。怒りと憎しみに満ちた般若《はんにゃ》そのものだ。

「あんたは矢鳥の人間のくせに、ただ一人なにも知らず、東京なんかへ逃げて暢気《のんき》に暮らしとった。その罪は重いじゃろ？」

伊吹は己の袖をまくってみせた。そこには芯夜と同じように惨い傷跡が無数についていた。

「あんたの腕だけ、なんでキレイなんじゃ。ずるいと思わんのか？」

「伊吹……お前も呪物にされてたのか……」

「泣いて嫌がったのに、親父に無理やり傷つけられたんじゃ！」

「……」

親が息子にする所業ではない。だが、これが矢鳥が二百年も続けてきた呪詛法なのだ。幼い頃は己が呪物にされ、長じてからは呪術者に転じてきた矢鳥の念は、月日を重ねるごとに強くなり、さぞかし強力なものになったことだろう。

「そこの祇王のバカが逃げたあと、新たな呪物にされたんは俺じゃ！　お前さえ逃げたりせんかったら、俺は安泰じゃったのに！　どうやって逃げたのかちゃんと言え！　お前が椿伯母さんになにをしたんか、笙兄に言うてみぃ！」

「……っ！」

芯夜は強く拳を握りしめた。血管が浮き、真っ白になる拳から血が滲《にじ》み出ているのを見て、笙はとっさに彼の手を取った。それでも力を緩めない芯夜の顔を見ると、彼は苦渋に満ちた瞳で笙を見つめた。

「――笙兄。俺は、ここで矢鳥椿に火をつけたんだ」

「……っ」

その声は悔恨に満ちていた。笙は言葉を返すことができない。

「ある日、儀式の最中に隙《すき》を衝《つ》いて松明《たいまつ》の火を彼女の着物に引火させた。火はあっという間に回って矢鳥椿は火だるまになった。悲鳴を上げる彼女を置き去りして俺はここから逃げた……」

それは懺悔だった。

なぜ三年前に芯夜が奇跡の生還を果たしたのか、記憶がないと口を閉ざしたのか、全てが明確になった。

芯夜は真実を言えなかったのだ。言えば自分の殺人を告白しなければならない。矢鳥の人間も同じだ。椿の死の真相を訴えれば、矢鳥の闇を全て明らかにしなければならなくなる。だから、家人を殺されても口を閉ざさざるをえなかったのだ。

同じ村にあって、けっして明かせない秘密を抱えた者たちが緊迫した均衡を保っていた。それが、祇王芯夜が奇跡の生還を果たした真相だ。

「……」

笙は唇を噛《か》んだ。返す返すも自分の無知が腹立たしい。——と、ふと妙な引っかかりを覚えた。

芯夜は椿を殺したとき、松明で着物に火をつけたと言っていた。だとしたら、かつて警察に聞いた母の死因と反することがある。

「芯夜、ガソリンは？」

それは純粋な問いだった。芯夜を振り返っても、彼は何のことなのかわかっていないようだ。

「お前、母さんがどうして死んだのか、誰にも聞いてないのか？」

「焼身自殺としか聞いてない」

「母さんはガソリンを被《かぶ》ってたんだぞ？」

「──？」

芯夜が静かに瞠目《どうもく》した。笙の中で矛盾《むじゅん》がはっきりと疑惑へと変わる。ガソリンをかけた覚えがないことは、彼の表情を見ればわかる。

「警察からは、母さんが自らガソリンを被って身体に火をつけたと聞いてる。お前が松明の火で引火させただけなら、ガソリンの成分なんか検出されるわけないだろ？　お前が逃げた後に誰かが母さんにガソリンを被せたんじゃないのか？　だから炎が激しくなって、母さんは焼け死んだんじゃないのか？　──それに、おかしくないか？　母さんがここで焼け死んだとしたら、少なくとも床や壁に焼け跡みたいなものが残るだろ？　見たところそんなものはまったくない」

「笙兄……」

「俺は柾叔父さんから、母さんは裏庭で火定三昧を行って亡くなったと聞いた。火定三昧自体は矢鳥が警察への体裁を保つために作った話だとしても、死んだ場所までは誤魔化せないだろ。矢鳥の隠蔽《いんぺい》工作だとしても、ここに焼け跡がまったくない理由にはならない。ガソリンだぞ？　尋常じゃない火だったはずだ」

「──っ」

芯夜は、ただ愕然《がくぜん》としている。長年、自分が矢鳥椿を殺したと思い込んでいたのだ。そんな疑問は考えもしなかったのだろう。

「芯夜、考えろ。母さんに火をつける前に、なにか気になることはなかったか？」

芯夜はじっと思考を巡らせていたが、やがてなにかに気づいたように笙を見た。

「……オパールの首飾り」

「え？」

意外な呟きに笙は目を瞬いた。オパールの首飾りとは杏が身につけている首飾りのことだろうか。

「あれはおばあさんが亡くなったあとに母さんが受け継いで、そのあと杏叔母さんが二人の形見として付けてるけど？」

芯夜はずっと引っかかっていた答えを見つけたように、顔を上げた。

「矢鳥椿はあのオパールの首飾りを儀式の間もずっと身につけていた。あの日も同じだ。でも、オパールは火に弱い。人が焼け死ぬほどの炎を石が浴びたなら、変色したりするはずだ。なのに、矢鳥杏の首には当時とまったく同じ色形のオパールの首飾りがかけられていた」

「それはおかしいな……」

オパールは水分を含んでいるため、高温になると水分が蒸発して割れや欠けを起こす場合がある。その上、内部の結晶構造が変わるため、ミルキー色の白化現象を起こすことさえる。

　普段使いの日光や温度なら問題ないとされているが、ガソリンで火をつけられたなら、とても元の形は保っていられないだろう。

「あのオパールの首飾りが杏の胸にあるのを見たとき、誰かが矢鳥椿を助けようとした際にオパールだけでもなんとか守ったのかと思っていたが……椿がガソリンを被っていたのなら話は別だ。ガソリンをかける前に首飾りを彼女から取り上げなければ、とてもじゃないが手なんか出せない」

「……！」

「──ということは、俺のつけた火は矢鳥椿を焼き殺すには至らなかった。だがその後、彼女のもとに駆けつけた誰かが彼女を地上へと誘導し、オパールの首飾りを奪ったあとでガソリンを被せたんだ……」

　それは、誰だ。椿を焼き殺した真犯人はいったい誰なのだ。

　笙と芯夜は同時に伊吹を見た。

「伊吹、お前は知ってるんじゃないのか？　誰が本当に母さんを殺したのか」

「そもそも、火前坊に化けた矢鳥柾はお前だろう？」

「……」

　伊吹は舌打ちして刀の鍔《つば》を鳴らした。

「お前の皮膚……あちこちにまだ拭き残したポリアクリル酸ナトリウムがついてるぞ」

芯夜の言うとおり、伊吹の顔や腕は妙にテカっていてジェル状のものまで付着している。慌てて炎を消し、ポリアクリル酸ナトリウムを適当に拭き取った形跡だ。

「……絶対に笙兄を殺してやろうと思って焦っとったわ。仏殿が焼けるのは構わんけど、地下が燃え残って警察や村人に呪詛のことを知られるのは困るんじゃ。いろいろと面倒くさいことになるじゃろ」

なるほど、だから芯夜は仏殿に逃げろと言っていたのか。本尊を守るためではなく、呪詛を行ってきた事実を隠すために、犯人はここを焼かないと芯夜はわかっていたのだ。

「柾叔父さんの火前坊がお前なら、母さんの火前坊は？　母さんが出てきたとき、お前は俺たちと一緒にいたよな？」

だとしたら、残るは花梨か杏だが、花梨はありえない。最初に椿の火前坊が裏庭に出たときの目撃者だ。叔父が椿に焼き殺されるときも共にいた。だとしたら、杏か？

杏はあのとき側にはいなかった。アリバイはない。それに……。

笙は必死に記憶を辿った。

「柾叔父さんが母さんの火前坊に焼き殺されたあと、みんな居間でかたまって一緒にいたけど、そのとき杏叔母さんの首にはオパールの首飾りはなかった」

「……」

伊吹は苦虫を嚙みつぶしたような顔をした。

笙はしっかりと覚えている。あのとき、花梨が杏の胸に縋って泣いた。その姿が不憫《ふびん》で注視していたから知っている。杏の首には間違いなく首飾りはなかった。よほどのことがない限り杏はあれを外さないはずだ。

「杏叔母さんは火前坊に化けるために、オパールの首飾りを外したんだ。そしてそのまま何食わぬ顔をして皆の前に出てきた……。急いで変装を解いて駆けつけなきゃならなかったから、焦って首飾りを付け忘れたのかもしれない」

「矢鳥椿の火前坊の正体は矢鳥杏か」

芯夜の結論に笙は深く頷いた。この一連の火前坊連続殺人事件は杏と伊吹、そして有川絹子の共謀だ。

「……でも、どうしてお前たちは叔父さんたちを？」

「復讐に決まっとるじゃろ」

伊吹は忌々しげに刀を構えた。

「誰が好き好んで呪物なんかになるか。実の親だろうと許せるわけがねぇ。それにあいつらは、俺が役に立たない年齢になると、今度は花梨を呪物にすると言いだしたんじゃ！」

「花梨を？」

「花梨はあの歳までなにも知らず、誰にも傷つけられずに生きてきたんじゃぞ！　俺は妹がかわいいんじゃ！　あいつらを生かしとったら花梨が泣く！」

「伊吹……」

絹子が花梨が不憫だと言ったのはそういう理由だったのか。

「絹子さんは、花梨のために協力してくれたんだな」

「あの人はええ人じゃ。細工に協力してもろうたが、なんの罪もねぇ！　俺らが巻きこんだんじゃ！」

刀を構えたまま、じりじりと伊吹が近づいてくる。あんなものを振り下ろされたら、無傷ではすまない。芯夜が笙を庇おうと前に出たので、笙はとっさに彼の手を引っ張って背後に隠した。

「笙兄！　伊吹の狙いはあんただ、前に出るな！」

「それはお前も同じだろ。俺が死んだあと、お前が無事でいられる保証がどこにあるんだ」

「笙兄！」

「――ああ、ごちゃごちゃうるせぇわ！　二人まとめてでもこっちはかまわんのじゃ！」

苛立《いらだ》った伊吹が刀を振り上げた刹那――

「やめぇや、伊吹！」

階段側から女の声が聞こえた。

一瞬で伊吹の動きが止まる。皆の目が一斉に階段に向くと、矢鳥杏が厳しい顔つきで下りてきた。

警察から帰ってきたばかりなのか、着ているのは昨日と同じ着物だ。青ざめた顔色に取り調べでの疲労が見てとれる。

「絹子さんから話は聞いたで、伊吹。殺すのは父さんと兄さんだけじゃったろ？　なんで笙まで殺そうとするん？」

「こいつ一人があまりにも平穏で暢気だからじゃ！」

「それを言うなら花梨も一緒じゃろ。妹は許せても笙は許せんっちゅうのは道理に反すると思わんのか」

「杏さん！」

伊吹はだだっ子のように杏の名を呼び、彼女の前に立つ。どうして自分の気持ちをわかってくれないのかと苛立ちをぶつけるが、杏は厳しい目を緩めない。彼女は自分たちを傷つけるつもりはないようなので安心したが、笙は少し引っかかりを覚えた。

伊吹は杏を『杏さん』と呼んだ。普段は杏叔母さんと呼んでいるはずだ。それに、見たところ、伊吹はどんなに気が高ぶっていても杏には逆らえないらしい。

この二人はいったいどういう関係なのだ。

「杏叔母さん、どうして叔母さんまでこんなことを……」

笙はいまだに信じられずにいた。杏は矢鳥の中でも数少ない常識人だと思っていたからだ。

「笙、あんたにはわからんじゃろうけど、うちは父さんと兄さんが死んで安心しとるんよ？　もう、これ以上矢鳥の人間が傷つくこともなくなるけぇな」

そう言って、杏は愛おしげに自分の腹を撫でた。それを見て笙は気づいてしまった。

「子供……？」

ひょっとして杏が守りたかったのは、花梨だけではないのではないか。

「杏叔母さん、もしかしてお腹《なか》に子供が？」

「そうじゃ。うちと伊吹の子じゃ」

「――!?」

あまりのことに笙は唖然とした。杏と伊吹は叔母と甥《おい》だ。まさか二人がそんな関係になっていようとは予想だにしていなかった。

「そんな顔せんといて。うちは伊吹の子を宿せて幸せなんじゃから」

「もしかして、お腹の子のことを柾叔父さんやおじいさんに知られたのか？」

ある程度確信を得て問うと、杏は奇妙な笑みを浮かべた。

「二人はな、産むことには反対せんかったよ。じゃけど、逆になんて言うたと思う？」

「――矢鳥の血が濃い者ができた」

笙の代わりに芯夜が答えると、杏はケタケタと声を出して笑った。

「そう、その通りじゃ。さすが一度でも呪物になった者は違うなぁ。矢鳥のバカさかげんをよう知っとるわ。父さんは花梨が使えんようになったら、腹の子を呪物にしたらええって言うたんよ？　血が濃いから呪詛もよう効くかもしれんてな！」

「……っ」

ああ、だからか。二人には花梨以上に守らなければならないものがあったのだ。我が子のためなら親兄姉でも殺す。それが母親という生き物なのか。

伊吹が笙を嫉《ねた》む気持ちもわかる。自分は本当に何も知らず、平穏に生きてきてしまった。

「母さんを殺したのも杏叔母さんなのか？」

「そうじゃ、うちが殺した」

杏は悪びれもせずに腕の包帯を解いた。

「あんたの予想通りじゃ。うちは芯夜君が攫われてくる前に姉さんに呪物にされとった。何度痛いからやめてと言うても、聞いてくれんかったんじゃ。あの人はほんまに心がない。堅物で厳格な兄さんだって、伊吹を呪物にするときは苦悩しとった。じゃけど、あの女はそんな素振りは一度も見せんかった。呪詛を楽しんでやっとったんじゃ！　うちはそんな姉さんをずっと恨んどった！」

「杏叔母さん……」

杏は気がふれたように慟哭《どうこく》した。

「あの日、姉さんの悲鳴を聞きつけてうちはここに来たんじゃ。炎が衣服に燃え移って暴れとったわ。うちは一瞬で芯夜君の関与を疑ったけど、ちっとも責めようとは思わんかった！」

「――」

「じゃけどな、笙。うちも最初は助けようと思ったんよ？　じゃから、必死で火を消したげたんよ。――でも、そのうち、なんかやたら憎たらしゅうなってしもうて……。火傷だらけの姉さんに肩を貸して地下から上げたあと、裏庭に放り投げてやったんじゃ！」

「それで、ガソリンを？」

「なんでじゃろうなぁ。あのときはうちにも鬼が巣くうとったんかもしれん。……無意識のうちに母さんの形見の首飾りをむしり取ってガソリンを被せて火をつけたんじゃ。そもそもおかしいじゃろ？　母さんの形見なのに、なんで姉さんばかりが独占しとるんよ！」

杏の言い分がだんだん子供じみてきたのが不気味だった。

いつでも芯夜を連れて逃げられるように彼に手を伸ばすと、不意に杏が正気に戻ったように真顔になった。

「じゃけどな、伊吹。笙は殺したらいけん」

「なんで、そんなこと言うんなら！　こいつは矢島から逃げたんじゃぞ？　当主の息子のくせに、家の者の痛みも知らずに何が大学じゃ！　大学院じゃ！　俺は村から出せんっちゅうて進学も許されんかったのに！」

「それは逆恨みっちゅうもんじゃ。万が一のときは笙に罪を被せる。それだけの約束だったじゃろ。殺すことは了承しとらんで」

「じゃけど、俺は……」

「笙にはなんの罪もありゃあせん。——だって、笙は矢鳥の血を引いてないけぇな」

「——っ！」

笙だけではなく、伊吹までも驚嘆した。息も吐けず杏を凝視していると、芯夜が強く笙の腕を握った。

「俺が……矢鳥の血を引いてないって……どういうことだ」

「どうもこうも、そのままの意味じゃ、あんたは本当は姉さんの子じゃないんよ。姉さんがどこからか攫《さろ》うてきた子」

「——っ！」

キーンと一瞬耳鳴りがした。

杏がいったい何を言っているのか、すぐに理解ができなかった。腕を掴む芯夜の力がますます強くなる。支えようとする意志を感じ、笙は芯夜を見つめた。

杏は笙を哀れむように再び口を開く。

「――笙、あんたの母さんは、ほんまにずるい人なんよ。妊娠したけどすぐに流産してしもうてな。じゃけど、子育てはしてみたい。ただ、それだけで子供を攫うてきたんよ。流産したことを隠して、妊娠しとるふりをして。芯夜君は姉さんを鬼子母神じゃ言うたけど、あの女はただの鬼じゃ」

「杏叔母さん……」

「父さんも兄さんも椿姉さんには甘かったけぇな。攫うてきたもんはしょうがねぇ言うて、姉さんのわがままを聞き入れてしもうたわ。岡山市で単身仕事にはげんどった義兄《にい》さんは、もちろん知らん。かわいそうに、あんたを本当の子じゃ思うたまま早死にしてしもうたわ」

「あ……」

榊が自分に冷たかった理由が今わかった。笙が矢鳥を顧みなかったからではない。笙が自分の血を引く者ではなかったからだ。祖父にとって笙は単なる異端者だったのだ。当主に推されなかった理由もこれだ。矢鳥の血を引いていないなら、当主にはさせられない。

「……かわいそうにな。芯夜君は笙のために我慢して呪物になってくれとったのになぁ。本当は笙は呪物になり得るものじゃなかったんよ。無駄な辛抱をさせてしもうたな」

「やめろ！」

たまらず、芯夜は杏を一喝《いっかつ》した。杏は芯夜をまじまじと見つめ、ニンマリと笑った。

「ああ、その顔は知っとったんじゃねぇ。――だからか……。だから、姉さんに火をつけて逃げたんか！」

　笙がとっさに芯夜を見ると、彼は歯がみして杏を睨んでいた。どうやら図星らしい。

「芯夜？」

　戸惑いの中で名を呼ぶと、芯夜は奥歯を噛みしめて目線を落とした。

「名前が……気になったんだ……」

「名前？」

「……杏に植物図鑑を差し入れられてから気づいたんだが、榊、椿、柾、杏、伊吹、花梨。矢鳥の人間はみな樹木から名が付けられているだろ？　だけど、笙兄は違う」

「あ、ああ……そういえば」

　そんなこと全然意識していなかった。逆に芯夜はよく気がついたものだ。

　芯夜は笙の様子を窺うように続けた。

「だから、矢鳥椿に聞いたんだ。笙兄だけ名前が異なるのはどうしてかって……何度もしつこくしつこく……」

「それでか……」

　きっと、母が死んだあの日に芯夜は知ったのだ。笙の生い立ちを。

「姉さんも隠しきれんかったんかなぁ。ほんまにアホじゃわ。笙が呪物になり得るものじゃないなら、芯夜君が我慢する必要はないもんなぁ。そら逃げるわ」

「杏叔母さん、もういい。やめてくれ」

笙は杏が好きだった。こんなどす黒い叔母の姿は見たくない。

それでも杏は冷ややかな目で笙を見据える。

「これでわかったじゃろ、伊吹。あんたが笙を恨むいわれはないんよ。この子も姉さんの被害者じゃ」

呆気《あっけ》にとられていた伊吹は、信じられないような顔でゆっくりと刀を下ろした。

「じゃけど杏さん。こいつらを放っといたら、俺らが父さんやじいさんを殺したって警察にばれるで？」

「ばれてもええ。うちは腹の子が呪物にされんならそれでええんじゃ。全ての罪はうち一人で被る」

「杏さん！」

伊吹が慌てて杏の手を取った。

「そんなことさせられるわけねぇじゃろ！　じゃったら、俺が罪を被る。俺一人でじいさんと父さんを殺したんじゃ。それでええじゃろ！」

「ええわけない。あんたはまだ二十歳にもなっとらんのに。将来を棒に振る気か」

「振ってもええんじゃ！　杏さんのためなら、俺はどうなってもええ」

どちらも譲らない攻防の中、外から笙たちを探す花梨の声が聞こえた。

「笙兄さん、芯夜君どこにおるん？　刑事さんたちが来たで。話が聞きたいんじゃって——！」

どうやらタイムリミットのようだ。

芯夜は重い溜め息をついた。

「——俺たちは何も言わない」

「……」

杏と伊吹は意外そうに芯夜を見る。

「それは、どういう意味じゃ」

「あんたたちが笙兄に危害を加えないのなら、今までどおり俺は土砂災害の日からの記憶がないままだし、矢鳥椿の死因も火定三昧のままだ。笙兄もきっと何も言わない。——だけど、警察はそんなにバカじゃない。今回の事件は遅かれ早かれ真実が暴かれる。そのとき、あんたたちがどうするか、腹の子と花梨のためになにをするか、決めるのはあんたたちだ」

「……」

戸惑う笙を連れて、芯夜は二人の横を通り過ぎる。

「ただ、花梨を泣かせるようなことだけはするな」

杏と伊吹は何も言わなかった。そんなことは言うまでもないのだろう。

「芯夜……」

「これ以上、俺たちはどうしようもないだろ」

警察に全て話すのが正しいことはわかっているが、それでも彼らがやったことを二人は責められなかった。

笙が伊吹や杏の立場だったら、大人しく祖父や叔父の言いなりになっただろうか。

いや、けっしてならない。

我が子を守るためなら鬼にでもなるだろう。だとしたら、沈黙を貫くしかないのかもしれない。どのみち、柾や榊の事件は芯夜の言うとおり警察が真実を暴き出すだろう。だとすれば、自分たちがどうこう口を出す話ではないように思えた。

芯夜と共に仏殿を出ると、玄関先が騒がしかった。どうやら花梨が一人で刑事の相手をしてくれているようだ。

「……」

笙が仏殿を振り返ると、芯夜が呼び戻すように手を引いた。

「俺たちは何も知らないし聞いてない。――あとは警察に任せよう」

「……でも、お前はいいのか？　矢鳥はお前にとんでもなく酷いことをし続けてきたんだぞ？」

「いいよ。俺だって矢鳥椿を殺そうと危害を加えた。お互い様だ」

「それは……」

「——東京に帰ろう、笙兄。やっぱりこの村は俺たちには騒がしすぎる」

悄然《しょうぜん》とする笙に、芯夜が導くように言った。

これから先、矢鳥はどうなるのだろうか。

笙は芯夜に問いかけてやめた。

それはきっと芯夜にもわからないことなのだから。

エピローグ

キッチンからグレービーソースのいい匂いが漂ってきて、祇王芯夜《ぎおうしんや》は模型作製の手を止めた。

気になってキッチンを覗《のぞ》くと、笙《しょう》が焼いたばかりのローストビーフを切り分けていた。その他にも大量のごちそうが並んでいる。まるでクリスマスパーティさながらだ。

「笙兄、さすがにそれは作りすぎじゃないか?」

「そうか? せっかく花梨《かりん》が遊びに来るんだから、歓迎してやらないといけないだろ。いろいろあって、きっと落ち込んでるだろうし」

笙と芯夜が岡山から東京へ帰ってきて約一月が経《た》った。

警察は有川絹子《ありかわきぬこ》の線から事件の真相に近づき、杏《あん》や伊吹《いぶき》にも捜査の手を伸ばしたらしい。だが、結局全てを暴くことはできなかった。理由は伊吹が罪を完全に被って自白をしたからだ。

伊吹は柾《まさき》を殺したのも榊《さかき》を殺したのも自分で、犯行は一人で行ったと供述したらしい。メイクや炎の特殊技術は、絹子を騙《だま》して教わったと言い張っているという。そのあとは、ずっと黙秘を続けているようだ。

兄の逮捕がきっかけとなり、花梨は千葉で暮らす母方の祖父母の家に引き取られることになった。この春から千葉の高校に通うことになっている。

彼女から連絡があったのは、つい三日前のことだ。うちに遊びに来たいというので、喜んで招いたのだ。

「……俺にはこんなごちそう滅多に作ってくれないのに」

芯夜は切り分けたばかりのローストビーフをつまんだ。

「お前にはちゃんと栄養を考えて作ってるんだ。毎日こんなものばかり食べさせるわけがないだろ――ほら」

笙は芯夜にトマトのスープを味見させた。うまいと言われたのでつい笑みがこぼれる。五感が優れている芯夜の味覚に間違いはない。

「花梨のやつ、道に迷ってないかな？　やっぱり迎えに行った方がよかったか？」

「大丈夫だろ。もう高校生になるんだ。電車ぐらい一人で乗れないとやっていけないぞ」

「でも、東京の路線は混み合ってて難しいしな……」

「笙兄は誰にでも過保護だな。迎えに行くって言ったら断られたんだろ？　知らない土地で自立しようとがんばってるんだから、見守っておいてやればいい」

芯夜は呆《あき》れたように言ってリビングへ戻った。その背中を見つめて笙は苦笑する。

「よく言うよ。お前が初めて東京へ出てきたときは俺が迎えに行ってやっただろ。忘れたのか？」

「ああ、あれは怖かった」

「怖かった？　東京が？」

「違う。何も言ってなかったのに、新幹線の扉が開いたらホームに笙兄が立ってたから怖かったんだよ」

「あー」

笙はわざわざ芯夜の母親に彼が乗る新幹線の時間と指定席の座席まで聞いて、ホームで待っていた。それを知らなかった芯夜はかなり仰天したという。

あのときの彼の何とも言えない微妙な表情は、今思い出しても噴き出しそうになる。

ダイニングテーブルの椅子《いす》に座り、テレビをつけた芯夜は画面を見もせずに模型の部品チェックを始めた。集中したいならテレビをつけなければいいと思うが、彼はうるさい方がはかどるらしい。

雑念が雑念を吹き飛ばしてくれるのだと前に言っていたが、今ならその意味がわかる気がする。

芯夜は静寂が怖いのだ。耳に何も入らないと、呪物としての己《おのれ》の半生を反芻《はんすう》するだけではなく、研《と》ぎ澄まされた感性が鋭くなりすぎてしまう。だから、彼は苦しい雑念を振り払うために模型作製で脳の集中を促《うなが》し、テレビの音で必要のない雑念をねじ込む。そうすることで、ようやく芯夜は祇王芯夜としてしっかり立っていられるのだ。

その高い感性と共感力は生まれ持ったものだが、それだけではないのかもしれない。

呪物として扱われる日々の中で、彼の共感力は最大限に高まってしまったのではないだろうか。でなければ、他人の痛みに共感し、あそこまで身体《からだ》に異常をきたしたりはしないはずだ。

――あの日、東京に帰る新幹線の中で芯夜は言った。

『笙兄が呪物にされるぐらいなら、俺が我慢すればいいと思ったんだ』

芯夜がどうしてそこまでしてくれるのか、笙にはわからない。病院で彰子《あきこ》が語ってくれたことが理由だとすれば本当に些細なことだと思う。だが、その些細なことが芯夜にとっては、とても大きな意義を占めていたのだろうか。

どう償《つぐな》っていいかわからないという笙に、芯夜は『歌ってくれるだけでいい』と答えた。

『あんたの歌声が俺を現実に引き戻すんだ』

そう言う芯夜の瞳はどこまでも真摯《しんし》だった。

ならば、歌うしかない。

彼の半生を奪ってしまった償いができるなら、自分は一生彼の側《そば》で歌い続ける。この声が嗄《か》れるまで。

「杏叔母さんは、ずっとあの家にいるのかな?」

出来上がったサラダをテーブルの上に置きながら独りごちると、芯夜が目を上げた。

有川絹子は、あれからすぐに矢鳥《やどり》の屋敷を出たと聞いた。花梨が千葉にいるということは、矢鳥家に住むのは杏一人だけということになる。

　暗く寒々しいあの屋敷で、杏は一人で子を産んで育てるのだろうか。忌々《いまいま》しくも怨念《おんねん》に満ちた呪詛部屋と、矢鳥慎浄《しんじょう》の焼死体をその背中に背負って。

　筌なら、あれを知ってあそこに一人で住むのはとてもできない。

「彼女は、腹に子を宿した時から……いや、矢鳥椿《つばき》をその手にかけたときから、人でありながらも鬼になったんだと思う。──きっと命ある限り、矢鳥の秘密を抱えて一人で生きていくんだろう」

「……矢鳥の秘密」

　芯夜の言葉で筌は気がついた。

　矢鳥を呪っているはずの杏もまた、骨の髄《ずい》まで矢鳥の人間なのだということを。

「俺が母さんに攫《さら》われた子だっていうのも本当なんだろうか？」

「それは、DNA検査でもしてみないとわからないけど……。もしかしたら、伊吹を止めるために、杏がとっさについた嘘《うそ》なのかもしれない」

「でも、お前は母さんに俺の出生の秘密を聞いたんだよな？」

　筌がダイニングの椅子に腰掛けると、芯夜は素直に頷《うなず》いた。

「今思うと、矢鳥杏はわざと植物図鑑を俺に差し入れたのかもな。筌兄の出生の秘密に気づくように……」

「そうだな。……杏叔母さんならありえるかもな」

「笙兄は、あんまり気にしてないみたいだな」

「ん？」

「その……自分が矢鳥の人間じゃないかもしれないってことを」

「いや、そんなことはないけど……」

　暴かれた出生の秘密にショックを受けていないといえば嘘になる。自分がどこの誰なのか本当の父母は誰なのか、ちゃんと知りたいと思うが、あれから時間が経《た》った今は安堵《あんど》の方が強いのも事実だ。

　あの矢鳥の血を自分は引いていない。そう思うだけで胸の息苦しさが消える。幼い頃から感じていた疎外感と見えない闇《やみ》が和《やわ》らいだ気がするのだ。

「お前は俺を傷つけたくなかったんだなぁ」

　芯夜の行動原理は、ひたすらそれしかなかったような気がする。きっと、笙が攫われてきた子だなどと明かしたくなかったのだろう。だからこその沈黙だったのだ。

　そして、同時に笙は気づいてしまった。芯夜がなにがなんでも怪異を否定する理由を。

　彼は呪物だった。呪物である彼がこの世ならざるものや現象を認めなければ、呪いは発露されない。芯夜はそう信じているのかもしれない。

『怪異は人にしか存在しない』

芯夜が口癖のようにそういうのは、きっと祈りだ。

怪異は人の脳が創り出す幻《まぼろし》。そう言い張ることが彼なりの呪詛封じなのだ。

笙は自然と目尻を下げた。

やはり祇王芯夜は尊い生き神様だ。彼の内から漏《も》れる清涼な気は神気そのものだ。だからこそ、皆彼に惹《ひ》きつけられてやまないのだろう。

「芯夜、何か歌ってやろうか？」

「はぁ？」

急に笙が言い出したので芯夜は戸惑っていたが、悪い気はしなかったらしく、好きな日本人歌手の曲をあげた。

笙はリクエストに応《こた》えようと軽く息を吸い込む。——と、タイミングよくピンポーンとチャイムが鳴った。

笙は音階を一つも発することなくピタリと口をつぐむ。

「花梨が来た」

いそいそとインターホンに向かう笙に、芯夜が不満げな声を上げた。

お預けをくらったくらいで、そんなに不機嫌にならなくてもいいではないかと呆《あき》れつつ、笙は芯夜を振り返った。

「今度、本気でちゃんと歌ってやるよ」

彼のために歌うのは今でなくてもいい。時間はたくさんあるのだから。

※この作品はフィクションです。実在の人物・団体・事件などにはいっさい関係ありません。

集英社オレンジ文庫をお買い上げいただき、ありがとうございます。
ご意見・ご感想をお待ちしております。

●あて先
〒101-8050　東京都千代田区一ツ橋2-5-10
集英社オレンジ文庫編集部 気付
希多美咲先生

共感覚探偵
奇々怪界は認めない

集英社
オレンジ文庫

2023年8月23日　第1刷発行

著　者　希多美咲
発行者　今井孝昭
発行所　株式会社集英社
〒101-8050東京都千代田区一ツ橋2-5-10
電話【編集部】03-3230-6352
【読者係】03-3230-6080
【販売部】03-3230-6393（書店専用）
印刷所　凸版印刷株式会社

ISBN 978-4-08-680517-9 C0193

コバルト文庫　オレンジ文庫

「ノベル大賞」

募集中！

主催　(株)集英社／公益財団法人　一ツ橋文芸教育振興会

小説の書き手を目指す方を、募集します！
幅広く楽しめるエンターテインメント作品であれば、どんなジャンルでもＯＫ！
恋愛、ファンタジー、コメディ、ミステリ、ホラー、ＳＦ、etc……。
あなたが「面白い！」と思える作品をぶつけてください！
この賞で才能を開花させ、ベストセラー作家の仲間入りを目指してみませんか!?

大賞入選作

正賞と副賞300万円

準大賞入選作

正賞と副賞100万円

佳作入選作

正賞と副賞50万円

【応募原稿枚数】

400字詰め縦書き原稿100〜400枚。

【しめきり】

毎年1月10日（当日消印有効）

【応募資格】

性別・年齢・プロアマ問わず

【入選発表】

オレンジ文庫公式サイト、WebマガジンCobalt、および夏ごろ発売の文庫挟み込みチラシ紙上。入選後は文庫刊行確約!
（その際には、集英社の規定に基づき、印税をお支払いいたします）

【原稿宛先】

〒101-8050　東京都千代田区一ツ橋2-5-10
（株）集英社　コバルト編集部「ノベル大賞」係

※応募に関する詳しい要項およびWebからの応募は
公式サイト（orangebunko.shueisha.co.jp）をご覧ください。